KB123814

천외천의 주인 26

2022년 8월 3일 초판 1쇄 인쇄
2022년 8월 10일 초판 1쇄 발행

지은이 한수오
발행인 김정수 강준규

기획 이기헌 왕소현 박경무 강민구 조익현
책임편집 오영란
마케팅지원 이원선

발행처 (주)로크미디어
출판등록 2003년 3월 24일
주소 서울시 마포구 성암로 330 DMC첨단산업센터 318호
Tel (02)3273-5135 **편집** 070-7863-8596 **Fax** (02)3273-5134
홈페이지 rokmedia.com **E-mail** rokmedia@empas.com

ⓒ 한수오, 2020

값 8,000원

ISBN 979-11-354-7446-0 (26권)
ISBN 979-11-354-8621-0 04810 (세트)

한수오 신무협 장편소설

26

천외천의 주인

| 일천마군一千魔軍 |

차례

찢어 죽여도 시원찮은 놈들 (1)   7

찢어 죽여도 시원찮은 놈들 (2)   43

찢어 죽여도 시원찮은 놈들 (3)   83

역천사혼강시逆天邪魂殭屍   121

인간병기人間兵器 (1)   157

인간병기人間兵器 (2)   191

인간병기人間兵器 (3)   225

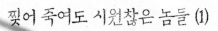

찢어 죽여도 시원찮은 놈들 (1)

구음지체는 절맥증의 하나인 구음절맥을 의미한다.

정확히는 어떤 식으로든 구음절맥을 이겨 낸 육체를 말한다.

구음절맥은 천형(天刑)과도 같은 절맥증의 하나로, 스무 살 이전에 요절하는 것이 보통이다.

다만 여타 절맥증이 다 그렇듯 구음절맥 역시도 선천적인 불치병이라기보다는 타고나는 체질이다.

요컨대, 체내의 음기가 너무 강해서 성장해 감에 따라 잠차 혈맥이 얼어붙는 것처럼 막혀서 기의 순환이 제대로 이루어지지 않아서 시름시름 앓다가 요절하고 마는 체질인 것이다.

그냥 겉으로 보면 선천적으로 약한 사람이라 병마에 시달리는 것으로 보이나, 실제는 체질적으로 기의 순환이 제대로 이루어지지 않는 까닭에 자주 빈혈을 일으키며 각혈을 하는 등 고통을 받다가 이른 나이에 죽는 것인데, 대체로 남자보다는 주로 여자에게 나타나는 체질이며, 워낙 드물게 나타나는 체질이라 내로라하는 의원도 알아보지 못하는 경우가 매우 흔하다.

오죽하면 강호 무림에서는 구음절맥을 마찬가지로 어쩌다가 남자에게 주로 나타나는 체질인 구양절맥(九陽絕脈)과 더불어 양대절맥이라고 하며, 구음절맥을 극음절맥(極陰絕脈)으로, 구양절맥을 극양절맥(極陽絕脈)이라 부르며 두려워했다.

그런데 놀랍게도 지금 독안귀룡 위경은 비접 부약운이 구음지체라고 고했다.

부약운이 천형과도 같은 절맥증 중에서도 최고의 절맥증인 구음절맥을 이겨 낸 사람이라는 것이다.

'그래서……?'

설무백은 생각을 정리하다가 말고 절로 오만상을 찡그렸다.

부약운이 어떤 식으로든 구음절맥을 이겨 낸 구음지체라는 것과 쾌활림이 그녀에게 집착하는 것이 대체 어떤 관계가 있다는 것일까?

"구음지체라서 쾌활림이 그녀에게 집착한다? 왜? 어째서?"

위경이 대답하지 못하고 곤혹스러운 표정으로 눈치를 보며 안절부절못했다.

그때 그의 뒤에 시립해 있던 상악이 불쑥 말했다.

"구음지체는 구양지체와 더불어 쾌활림이 구현하려는 모종의 존재를 위한 최고의 재료이기 때문이오."

설무백의 두 눈에 빛이 들어왔다.

안 그래도 내심 혹시나 하고 있던 참이었는데, 사람을 두고 재료라고 부르는 상악의 한마디가 모든 것을 일깨워 주었다.

"지금 역천강시를 말하는 건가?"

상악이 고개를 저었다.

"편법으로 만들어진 천강시인 역천강시가 아니라 완벽한 천강시를 말하는 거요. 아니, 더 나아가서 천강시를 뛰어넘는 사혼강시도 가능하리라 보고 있소."

잃는 것이 있으면 얻는 것도 있는 것이 세상의 이치인 것처럼, 극음절맥이라는 구음절맥도 그랬다.

비록 태어나면서부터 빈혈과 각혈에 시달리며 시름시름 앓다가 스무 살 이전에 요절해 버리는 체질이지만, 살아 있는 동안에는 다방면에 걸쳐 비상한 재주를 드러내는 두뇌를 가지는 것이 또한 구음절맥이다.

말 그대로 절맥증이라 기본적으로 체력이 약하고 내공을 익혀도 진기를 돌리지 못하기 때문에 무공을 수련하는 것은 불가능하나, 그 대신 천재적인 두뇌를 가지고 태어나는 것이다.

그런데 만에 하나 어떤 식으로든 생전에 구음절맥을 치료하고 구음지체가 되면 어떨까?

이건 그야말로 백 년에 하나 태어날까 말까 하는 무재가 탄

생하는 것과 같다.

구음절맥이 치료되는 과정에서 육체가 무공을 익히기에 더없이 적합한 체질로 바뀌는데다가, 체내에 과도하게 축적되어 있던 음기가 고스란히 내력으로 전환되면서 전화위복을 얻기 때문에 그렇다.

'제갈향의 경우만 봐도……!'

제갈향의 능력은 누가 봐도 그 나이 또래에서는 가당치 않은 경지였다.

두뇌만이 아니라 무공의 경지도 그랬다.

하물며 그녀는 누구 하나 도와주지 않는 가운데 혼자서, 그야말로 독학으로 그 정도의 경지를 이루었다.

그것도 본격적으로 무공을 수련하기 시작한 것이 고작 삼년 남짓이라고 했으니, 그에 대해서는 두말할 나위가 없었다.

게다가 구음절맥을 치료해서 구음지체가 되는 실로 하늘의 별을 따는 것만큼이나 어려운 일이다.

구음절맥을 타고난 사람들의 대부분은 그저 자기가 약하게 태어났다고 생각하며 살다가 요절하는 것이 운명이다.

세상에는 구음절맥을 알아볼 수 있을 정도로 뛰어난 의원이나 심법의 고수가 극소수에 불과하고, 알아봤다고 해도 치료할 수 있는 영약이나 영물의 내단 혹은 내가력을 이용하는 대법 등이 실로 드물기 때문이다.

실례로 극양(極陽)의 영물인 태양화리(太陽火鯉)의 내단이 구음절맥을 치료할 수 있다는 영약 중 하나라는데, 정작 태양화리는 양기가 집결하는 모처에서 백 년에 한 마리가 태어나며, 그렇게 태어난 태양화리가 내단을 형성하기까지는 다시 백 년의 세월이 필요하다고 하는 것이다.

'그런데 부약운은 이미 구음절맥을 치료한 구음지체이니……!'

구음절맥을 치료한 구음지체의 강한 음기는 마공과의 궁합이 매우 좋아서 마공을 연마하면 아주 쉽게 상승의 경지에 다다를 수 있다고 한다.

즉, 역천강시든, 천강시든, 사혼강시든 마공에 기반한 대법을 통해서 만들어지는 강시이니, 마교의 입장에서는 앞선 상악의 말마따나 부약운은 더 바랄 것이 없이 좋은 재료인 것이다.

설무백은 그와 같은 생각으로 말미암아 싸늘하게 식어 버린 눈빛으로 상악의 시선을 마주하며 확인했다.

"결국 그녀를 괴물로 만들어서 이용하려고 했다는 건가?"

상악이 강렬한 그의 눈빛을 감당하기 어려운지 절로 몸서리를 치면서도 대답을 회치하지는 않았다.

"그렇소. 흑도천상회에 있을 때 이미 어느 정도 대법이 진행되었던 것으로 알고 있소."

"섭혼술로 부족하니, 앵속까지 이용한 게 바로 그건가?"

"자세한 내막은 나도 모르오. 모든 건 림주의 주관 아래 림주의 친위대인 흑사자들이 시행하고 있소."

설무백은 냉소를 날렸다.

"헛소리! 다 몰라도 그들의 대법이 인신공양을 기반으로 하고 있다는 것쯤은 알고 있을 거잖아! 아냐?"

"......!"

상악이 붉게 변한 얼굴로 굳어져서 침묵했다.

무언의 인정이었다.

설무백은 지그시 어금니를 악물었다.

사건의 전모를 알게 되자 절로 부아가 치밀어 올랐다.

그러나 지금 장내에는 그보다 더 분노하는 사람이 있었다.

부약운의 당숙(堂叔)이 되는 부적산이 바로 그였다.

쿵-!

둔중한 소리가 터졌다.

바닥이 울리고, 건물이 부르르 진동했다.

위경을 잡아먹을 듯이 노려보고 있던 부적산이 더는 참지 못하고 거칠게 발을 구르는 것으로 분노를 표출한 것이었다.

보란 듯이 이를 악물고 있는 그의 눈빛은 당장이라도 달려들어서 입으로 물어뜯어서라도 위경과 상악을 죽여 버릴 기세였는데, 사실 그만 그런 것이 아니었다.

장내에 있는 흑선궁의 인물들 모두가 그랬다.

다들 부적산과 같은 눈초리로 위경과 상악을 노려보고 있었다.

그런 장내의 분위기를 아는지 모르는지, 설무백은 아무렇지도 않게 위경을 바라보며 말문을 돌렸다.

"사도진악은 지금 어디에 있지?"

"그야, 당연히 흑도천상회의 총단에……!"

"그럼 지금 쾌활림의 총단에 남은 전력이 얼마나 돼?"

"……!"

위경이 주춤하는 표정이다가 대답했다.

"기존의 이 할 남짓이오."

설무백은 묵묵히 고개를 끄덕였다.

그러다가 문득 위경의 시선을 직시하며 불쑥 물었다.

"그중에 역천강시는 몇?"

위경이 그의 눈빛 때문인지 아니면 질문 때문인지 모르게 흠칫하고는 뒤늦게 말을 더듬었다.

"두, 둘이오!"

"아쉽나?"

"……그게 무슨……?"

"집에 있는 그 두 마리 역천강시를 데려오지 않은 거 말이야. 아쉬워?"

"……."

위경은 매우 당황한 기색을 내비치며 선뜻 대답하지 못했다.

어떻게 대답하는 것이 좋을지 몰라서 전전긍긍하는 모습이었다.

설무백은 대답을 기다리지 않고 다시 물었다.

"사도진악이 데리고 있는 역천강시는 몇 마리나 돼?"

위경이 이번에는 망설이지 않고 대답했다.

"우리 쾌활림이 보유한 역천강시는 다 해서 여덟이요."

"그럼 사도진악이 데리고 있는 건 여섯 마리라는 건가?"

"그렇소."

"그 아래 것들은?"

"그 아랫것들이라면……?"

"목강시! 철강시! 금강시!"

설무백은 단호하게 하나하나 힘주어 말하고는 대뜸 상체를 앞으로 기울이고 손을 내밀어서 위경의 멱살을 잡아당겼다.

"헉!"

위경이 소스라치게 놀라서 헛바람을 삼키며 속절없이 앞으로 끌려왔다.

그로서는 뻔히 보면서도 피할 수 없는 손 속이었던 것이다.

설무백은 그렇게 위경의 얼굴을 가까이 당겨서 시선을 마주하며 경고했다.

"앞으로 한 번만 더 대답하기 전에 잔머리를 굴리려고 하면 약속은 취소다! 알았지?"

위경이 힘껏 고개를 끄덕이며 말을 더듬었다.

"아, 알았소."

설무백은 특유의 메마른 미소를 입가에 머금으며 위경의 멱살을 놓아주었다.

그리고 다시 물었다.

"얼마나 있어?"

위경이 자리에 앉기도 전에 서둘러 대답했다.

"목강시와 철강시는 없소. 아니, 어딘가에 있다는 얘기는 들었지만, 그게 어딘지는 나도 모르오. 거긴 오직 사부님과 친위대인 흑사자들의 수장들 중에서도 몇몇만 알고 있다고 들었소. 그리고 금강시는 열여덟으로. 넷이 우리 쾌활림의 모처에 있고, 나머지는 다 사부님이 거느리고 있소."

"확실해?"

"확실하오!"

"정말?"

"정말이오!"

"그 말에 너와 네 가족의 이름과 명예를…… 아니다."

설무백은 말을 하다가 말고 갑자기 피식 웃으며 손을 내저 었다.

"됐다. 약속대로 보내 줄 테니, 어서 그만 가 봐라."

위경이 진심인지 아닌지 모르겠는지 두 눈을 멀뚱거리며 눈치를 보았다.

그 순간 부적산이 나서며 소리쳤다.

"설 공자!"

부적산은 이렇듯 곱게 위경을 풀어 주는 것을 용납할 수 없는 것이다.

설무백은 그런 부적산의 태도에 아랑곳하지 않고 상악을 손짓으로 가리키며 다시 말했다.

"대신 당신은 좀 남아. 몇 가지 더 물어볼 게 있으니까."

위경이 대체 이게 뭔지 모르겠다는 표정으로 상악을 바라보았다.

설무백은 그런 위경을 힐끗 쳐다보며 말했다.

"안 가?"

"가, 가오!"

위경이 화들짝 놀라며 일어나서 허겁지겁 장내를 빠져나갔다.

부적산이 다시 외쳤다.

"설 공자!"

설무백은 무심하고 무뚝뚝한 눈빛으로 부적산의 불타는 시선을 마주하며 매정하게 물었다.

"집안 청소 하나 제대로 못하고 있다가 이제 와서 남이 다 차려 놓은 밥상에 숟가락을 얹으려는 건가요?"

"……!"

부적산이 한 대 맞은 표정으로 굳어졌다.

설무백은 태연하게 그런 그를 외면하며 상악을 향해 시선을 돌리며 말했다.

"이제 당신이 말해 봐. 지금 역천강시 몇 마리나 있어?"

상악이 잠시 뜸을 들이다가 반문했다.

"대체 왜 내게 이러는 거요? 내가 그리도 반골 기질로 보이오?"

"아니."

설무백은 잘라 말했다.

"그냥 내가 당신을 좀 알아서 그래. 마교하고는 어울리지 않는 사람이라는 것을 말이야."

상악이 지그시 어금니를 악물며 뚫어지게 설무백의 시선을 마주 바라보았다.

마치 설무백의 눈을 통해서 속내를 읽어 보려는 노력처럼 보였는데, 그게 성공할 리는 없었다.

설무백의 눈빛은 마냥 깊고 유연(幽玄)하기만 해서 도무지 속을 들여다볼 수 없는 늪과 같았다.

"휴……!"

이내 긴 한숨을 내쉰 상악이 말했다.

"쾌활림이 보유한 역천강시는 열여덟 구고, 총단에 네 구가 있소."

설무백은 마찬가지로 앞서 위경에게 했던 질문을 다시 던졌다.

"목강시와 철강시, 금강시는?"

상악이 이제 더는 고민할 필요도 없는지 바로 대답했다.

"목강시와 철강시에 대한 위경의 말은 사실이오. 다만 쾌활림이 보유한 금강시는 총 서른여덟 구로, 총단에 있는 건 열두 구요."

설무백은 피식 웃었다.

"거짓말을 제대로 하려면 적어도 삼 할의 진실을 섞어야 한다는 말대로 했군. 와중에도 제법 머리를 썼어."

위경의 거짓말을 두고 하는 말이었다.

설무백은 그리고 잠시 생각에 잠겼다.

사람의 마음은 갈대와 같다고 하더니, 지금의 그가 딱 그랬다.

다시는 역사의 줄기를 건드리지 않겠다고 다짐했었는데, 눈앞에 나타난 위경을 보자 그냥 놔주기 싫었다.

장손무길이 이미 죽었다는 사실을 알게 되어서 더욱 그랬다.

장손무길이 죽은 이후에 시작되는 위경과 마천휘의 싸움으로 인해 얼마나 많은 사람들이 죽어 나갔는지 모른다.

지금 위경을 없애 버린다고 해서 그가 기억하는 전생의 죽음들이 산다는 보장은 없지만, 적어도 전생과 다른 시간을 맞이하는 것만큼은 틀림없는 사실일 것이다.

'마천휘만 좋아지는 것일지도……!'

설무백은 절로 그런 생각이 들었지만, 결론은 달라지지 않았다. 이내 마음을 다잡은 그는 공야무륵을 불렀다.

"공야무륵!"

공야무륵이 예리하게 그의 속내를 읽으며 물었다.

"죽일까요?"

"응."

설무백은 짧게 수긍하고 부연했다.

"약속은 지켜야 하니까, 혹시나 아직도 흑선궁을 벗어나지 않았으면 조금 기다려 주고."

공야무륵이 씩 웃었다.

"여부가 있겠습니까."

대답과 동시에 공수한 그가 허리의 도끼를 매만지며 터벅 터벅 장내를 벗어났다.

그 모습을 지켜보는 부적산의 표정이 웃지도 울지도 못하겠다는 듯 기묘하게 일그러지고 있었다.

"막으려 들지 않네?"

공야무륵이 장내에서 사라진 다음이었다.

설무백이 별다른 반응을 보이지 않는 상악에게 건넨 질문이었다.

상악이 삐딱하게 되물었다.

"막아야 하는 거요?"

설무백은 짧게 대답했다.

"동료니까."

그리고 재우쳐 물었다.

"아닌가?"

상악이 그의 시선을 피하며 창밖을 바라보았다.

"나는 그렇게 생각했소만 저들은 아닌 모양이오. 사람을 제물로 쓰는 일이라는 건 애초에 내 사전에 없는 일이었나, 저들은 인정해 주지 않았소."

"사실이 그렇다면 이거 내가 미안해지는군."

설무백은 머쓱한 표정으로 앞서 흑영과 백영의 손에 죽어서 쓰러진 자영오살의 주검을 훑어보며 쓰게 입맛을 다셨다.

상악이 그의 시선을 따라서 자영오살의 주검을 보며 어색한 미소를 흘렸다.

"저들이 내 동료라면 나 역시 이미 저들처럼 황천 고혼이 되어 있었을 거요."

"저들은 당신의 동료가 아니다?"

"저들은 사살대의 일원이긴 하나, 본인의 예하는 아니오. 본인보다는 삼공자의 명령에 충실한 자들이었소."

설무백은 무슨 말인지 바로 이해하며 물었다.

"사살대 내에 진정으로 당신을 따르는 수하는 몇이나 되나?"

상악이 어깨를 으쓱였다.

"일할의 반 정도?"

설무백은 실소했다.

"고작?"

상악이 쓰게 웃었다.

"그건 당신이 내가 모시는 림주를 잘 몰라서 하는 말이오. 당신은 모르겠지만, 우리 림주는 절대 자신의 힘을 타인에게 넘

겨주는 사람이 아니오. 밖에서 볼 때는 그럴지 몰라도 내부적으로는 절대 그렇지 않소."

설무백은 내심 고소를 금치 못하며 절로 고개를 끄떡였다.

사실 앞서 그의 입에서 나온 고작이라는 말은 실로 가당치 않았다.

적어도 그의 입에서 나올 말이 아니었다.

전생의 그는 일할의 반이 아니라 그 반에 반의 동료도 없었고, 하물며 동료를 넘어서 혈육과 같다고 생각한 의동생의 칼날에 죽임을 당하지 않았던가.

'나보단 낫군.'

사실이었다.

지금의 상악은 전생의 그보다 나았다.

전생의 그는 지금의 상악과 달리 그와 같은 상황을 전혀 파악하지 못하고 있었다.

그는 문득 의혹이 들어서 확인했다.

"위경도 그걸 아나?"

상악이 웃었다. 실소였다.

"림주는 그리 허술한 사람이 아니오."

'그렇긴 하지.'

설무백은 내심 절로 수긍하며 쓸데없이 괜한 질문을 했다고 생각하다가 문득 삐딱해져서 상악을 바라보았다.

"그렇게 허술하지 않은 사람에게 당신은 그걸 어떻게 알아냈지?"

"우연이오."

"우연?"

"의심하지 마시오. 진짜니까."

설무백은 그래도 의심을 끊을 놓지 않았다.

"그러니까, 어떻게?"

상악이 사뭇 냉정해진 설무백의 태도를 보고는 어쩔 수 없다는 표정으로 설명해 주었다.

"모종의 일을 보고하려고 림주의 거처로 갔다가 본의 아니게 림주와 흑사자들의 수뇌들이 나누는 엿듣게 되었소. 재수가 좋았소. 그걸 들은 것도, 그때 들키지 않은 것도 말이오."

설무백은 충분히 그럴 수 있다고 생각하면서도 한편으로 여전히 의심의 끊을 놓지 못했다.

기본적으로 상악이 아니라 사도진악에 대한 의심이었다.

그는 그것을 속에 담고 있지 않고 꺼냈다.

"과연 그게 정말 우연이고, 재수가 좋았던 걸까?"

상악이 의외로 태연하게 대꾸했다.

"나도 그게 우연이 아닐 수도 있다고 생각하고 있소. 어쩌면 림주가 나를 시험한 것일 수도 있다고 말이오. 사실 그래서 여태 떠나지 않고 있었던 거요."

설무백은 이제야 상악의 깊은 속내가 눈에 보이는 것 같아서 절로 빙그레 웃으며 말했다.

"마음은 이미 떠난 것 같은데?"

상악이 애써 부정하지 않았다.

"물론 그렇소. 지금의 내게 쾌활림에 대한 애정이나 미련 따위는 더 이상 없소. 나는 신의는 시험으로 얻어지는 것이 아니라 그냥 느끼는 거라고 생각하는 사람이기 때문이오. 하물며 인신공양은……!"

그는 문득 말을 멈추며 손을 내저었다.

"아니, 여기까지만 합시다. 그냥 그랬던 거요, 나는."

설무백은 힘주어 고개를 끄덕이는 것으로 상악의 말에 동의하며 물었다.

"좋아. 그럼 당신이 말한 그 일할의 반은 어디에 있지?"

"일부는 여기 쾌활림에 있고, 일부는 흑도천상회에 있소."

"그래? 그럼 언제까지 데려올 수 있어?"

"데려……오라?"

상악이 이해할 수 없다는 표정으로 어리둥절해하며 재우쳐 물었다.

"그들을 왜 데려오라는 거요?"

설무백은 오히려 이상하다는 눈빛으로 상악을 쳐다보며 따지듯이 말했다.

"같이하려면 당연히 데려와야지. 그럼 그들을 그냥 버릴 거야?"

상악이 이제야 확실히 설무백의 의중을 파악한 표정으로

냉소를 머금고 냉정하게 말했다.

"지금 무언가 착각을 하는 것 같은데, 내가 귀하의 질문에
순순히 대답해 준 것은 귀하의 수하가 되겠다거나 귀하와 손을
잡으려는 것이 아니요. 그저 이제야말로 쾌활림을 떠날 때가
되었다고 생각했기 때문인 거요."

"그래?"

설무백은 살짝 미간을 찌푸리고는 쓰게 입맛을 다시며 말
했다.

"그럼 이걸 어쩌지? 사실이 그렇다면 나는 당신을 살려 둘
생각이 전혀 없는데 말이야."

상악의 안색이 싸늘하게 변했다.

그때였다.

느닷없이 나타난 누군가가 대청의 문을 활짝 열고 안으로
들어서며 설무백의 말을 받았다.

"죽일까요?"

공야무륵이었다.

무뚝뚝한 표정으로 상악을 주시하며 안으로 들어서는 그의
한쪽 손에는 핏물이 뚝뚝 떨어지는 머리 하나가 잡혀 있었다.

놀랍게도 그건 바로 눈을 뜨고 죽은 위경의 머리였다.

그가 어느새 위경의 머리를 잘라 온 것이다.

"다녀왔습니다."

그대로 다가온 공야무륵이 손에 들고 있던 위경의 머리를 탁

자에 올려놓고 공수하고는 이내 허리의 도끼자루를 매만지며 설무백을 바라보았다.

실로 장난이 아닌 태도로 명령을 기다리는 모습이었다.

"……!"

상악이 무언가 눈에 보이지 않는 압력에 눌려서 호흡이 막혀 버린 기색으로 굳어지며 마른침을 삼켰다.

설무백은 슬쩍 손을 내저어서 공야무륵을 물리며 일어나서 가볍게 웃는 낯으로 상악을 향해 다가섰다.

"내가 다 알아서 하는 말인데, 당신은 쾌활림을 벗어나면 살 길이 없어. 당신도 잘 알잖아. 사도진악이 절대 당신을 그대로 놔두지 않을 거라는 사실을 말이야. 그래서 하는 말인데……!"

그는 바짝 굳은 상악의 어깨를 가볍게 토닥였다.

마치 어린애를 어르는 듯한 태도였으나, 곧바로 그의 입에서 흘러나온 말은 실로 냉정했다.

"신의는 시험으로 얻어지는 것이 아니라 그냥 느끼는 거라고 했지? 그런 의미에서 어디 한번 우리와 같이 지내며 그런 게 있나 없나, 아니, 생기나 안 생기나 볼래, 아니면 그냥 여기서 인연 끊고 죽을래?"

상악은 선택의 여지가 없었다.

지금 허리에 매달린 도끼자루를 잡고 쳐다보는 공야무륵의 눈빛과 어깨를 토닥이는 설무백의 손을 통해서 느껴지는 압력은 도저히 그가 감당할 수 있는 것이 아니었다.

절로 몸서리를 친 그는 길게 한숨을 내쉬며 말했다.

"개똥밭에 굴러도 이승이 좋다고, 여기서 죽고 싶은 생각은 전혀 들지 않는구려. 좋소, 어디 한번 그런 게 생기나 안 생기나 같이해 봅시다. 그럼 이제 내가 어떻게 하면 되는 거요?"

설무백은 당연히 그런 선택을 할 줄 알았다는 듯 활짝 웃는 낯으로 말했다.

"아까 말한 대로 우선 동료들부터 챙겨야지."

상악이 미심쩍은 표정으로 물었다.

"그다음에 할 일은 뭐요?"

"그다음 일은 그다음에 생각하고, 우선은……!"

설무백은 대수롭지 않게 대꾸하는 참인데, 부적산이 끼어들었다.

"피비린내 나는 여기서 이럴 게 아니라 내실로 자리를 옮기는 것이……?"

설무백은 거부의 몸짓으로 손을 들어 보며 말했다.

"아니, 그보다 먼저 당신도 한 가지 대답해 줄 게 있어."

부적산이 어리둥절해했다.

"무엇이오, 그게?"

설무백은 거두절미하고 바로 말했다.

"여차하면 부금도의 목에 칼을 겨눠야 할지도 모르는데, 당신 괜찮겠어?"

부적산이 잠시 무거워진 기색, 신중해진 태도로 뜸을 들이

다가 이윽고 조용히 말문을 열었다.

"얼마 전부터 형님이 다른 길을 가고 있다는 생각을 하고 있었소. 내가 아는 형님이라면 절대 하지 않을 행동을 스스럼없이 하는 걸 보고 그리 생각했소. 그리고 이번 질녀의 문제로 인해 본인의 판단이 확고해졌소. 가슴 아픈 일이긴 하나, 형님의 의견에 반해서 질녀를 빼내 온 순간부터 그건 이미 정해진 운명이 아닌가 싶소."

설무백은 그 정도면 됐다는 듯 고개를 끄덕이며 말했다.

"좋아, 그럼 우선 집부터 옮겨."

부적산이 정색하며 고개를 저었다.

"풍잔으로 가라는 말이면 그건 불가하오. 알다시피 본인은 딸린 식구가……!"

"누가 풍잔으로 가래?"

설무백은 대수롭지 않게 말을 끊으며 부연했다.

"집을 옮기라고. 여기 있다가 괜히 신나게 쥐터지지 말고 당분간이라도 숨어 지낼 곳을 찾으라는 거야. 설마 부금도나 쾌활림 애들이 쳐들어와도 얼마든지 감당할 수 있다고 생각하는 거야?"

부적산이 이제야 제대로 알아듣고 당황스러워했다.

"그, 그건 아니지만……!"

"그게 아니면 또 뭐가 더 있는 건데?"

설무백이 따지고 들자, 부적산이 얼굴을 붉혔다.

"지금 우리 인원이 칩거할 장소를 찾으려면 막대한 자금이 필요하오. 하지만 지금 우리에겐 그만한 자금이……!"

"그건 걱정하지 마."

설무백은 대수롭지 않게 부적산의 말을 자르며 곁에 서서 눈치를 보고 있던 가군자 엽소를 향해 활짝 웃었다.

"그만한 자금은 여기 이 가군자 나리에게 있으니까. 그렇지, 가군자 나리?"

"예?"

"에이, 이거, 왜 이래? 그동안 알게 모르게 흑선궁의 유동자금을 빼돌려 놓은 것이 다 이런 때를 위한 대비였던 거잖아. 안 그래?"

"아, 그게, 그러니까, 뭐, 아무래도……!"

엽소가 너무 놀라고 당황한 듯 귀신에 홀린 표정으로 설무백을 바라보며 횡설수설했다.

부적산을 비롯한 좌중의 시선이 엽소에게 쏠리는 가운데, 설무백은 고개를 숙이며 나직한 어조로 말을 더했다.

"아니라고는 하지 마. 죽여 버리고 싶어지니까."

엽소가 서둘러 활짝 웃는 낯을 보이며 설무백의 말에 동의했다.

"그렇지요. 정확히 보셨습니다. 내 이런 일이 벌어질 경우를 대비해서 그렇게나 악착같이 남몰래 따로 흑선궁의 자금을 모아 두었던 겁니다. 암요! 그렇고말고요!"

진실을 말하자면 그냥 자신의 호의호식을 위해서 빼돌린, 즉, 횡령한 돈이었다.

설무백이 가진 전생의 기억에 따르면 가군자 엽소는 그러다가 들켜서 목이 잘려 죽었다.

"요놈!"

부적산이 냉큼 손을 내밀어서 엽소의 귀때기를 잡아당겼다.

"에구구……!"

엽소가 비명을 지르며 사정했다.

"저, 정말이에요! 정말로 나중에 다 말하려고 했다고요!"

"이놈이, 그걸 지금 말이라고……!"

부적산은 사나워진 눈빛으로 정말 인정사정없이 엽소의 귀때기를 잡아당기고 있었으나, 살기는 없었다.

엽소의 말을 믿어서가 아니라 지금은 그런 게 사소하게 느껴질 만큼 그가 빼돌린 자금이 절실하기 때문일 것이다.

설무백은 그걸 확인하고는 느긋하게 돌아섰다.

부적산이 밖으로 나서는 설무백을 뒤늦게 보고서 엽소의 귀때기를 잡은 채로 물었다.

"어디를 가는 건지……?"

설무백은 돌아보지도 않고 태연하게 손을 흔들며 대청의 문을 나섰다.

"쾌활림. 비었을 때 털어야지. 금방 다녀올 테니까, 거처를 어디로 옮길지나 결정해 놔."

"저, 저기······!"

부적산이 다급한 어조로 설무백을 불러 세웠다.

설무백이 돌아보자, 그는 가없는 무안함 속에 갈등하는 빛을 드리운 눈빛으로 잠시 뜸을 들이다가 말했다.

"진정 그럴 생각이면 이작교(利鵲橋)부터 가 보길 권하겠소!"

부적산이 말한 이작교는 특정 지명임과 동시에 패거리의 이름이기도 했다.

쾌활림의 영역인 장사부의 동쪽 끝자락에 위치한 빈민가를 에워싸며 작은 실개천이 흐르는데, 그 실개천을 넘어가는 아홉 개의 다리 중 가운데를 차지한 다리의 이름이 이작교이고, 그 이작교를 중심으로 암약하는 흑도의 무리도 이작교라고 부른다는 것이 부적산의 설명이었다.

부적산에게 전후사정을 듣고 그 장소, 이작교에 도착한 설무백은 감정이 몹시 격해져 있었다.

분노였다.

왜 이작교가 먼저냐는 그의 반문에 곤혹스러운 표정으로 힘겹게 대답한 부적산의 한마디 때문이었다.

—어린아이들의 몸을 팔고 있소!

장사부는 쾌활림과 흑선궁이 동서로 반분하는 지역이다.

그러니 동쪽인 쾌활림의 영내에서 벌어지는 일을 쾌활림이 모를 리 없다.

쾌활림의 영내에 존재하는 모든 단체는, 하다못해 그게 서너 명이 전부인 무술 도장일지라도 전부 다 쾌활림의 하부 조이기 때문이다.

즉, 이작교는 쾌활림의 비호 아래 혹은 지시를 받고 그처럼 천인공노할 만행을 저지르고 있다는 뜻인 것이다.

―본인이 그거에 대해 안 것은 넉 달 전이오. 하지만 나름이리저리 알아본 결과, 벌써 한참 이전부터 그 짓을 해 오고 있었다고 하오.

부적산은 그에 대해서 부금도에게 보고했으나, 부금도는 시큰둥한 반응이었다고 했다.

일단은 자신이 조금 더 알아볼 테니, 섣불리 나서지 말라는 것이 다였다는데, 그게 바로 부금도에 대한 부적산의 신뢰에 금이 가는 계기가 되었다고 했다.

'어쩌면……!'

설무백은 쾌활림의 하부조직인 이작교의 무리가 어린아이들의 몸을 판다는 얘기를 듣는 순간, 오직 한 가지 이유밖에 생각나지 않았다.

인신공양을 기반으로 하는 강시 제조가 바로 그것이었다.

쾌활림의 역천강시가 마교의 지원이라고 생각했는데, 어쩌면 쾌활림 자체에서 만든 것일 수도 있는 것이다.

'사실이 그렇다면 절대 용서할 수 없다!'

설무백이 그런 생각으로 인해 절로 싸늘해지는 참인데, 곁에서 걷던 공야무륵이 어깨로 슬쩍 그를 밀쳤다.

설무백은 퍼뜩 정신이 들어서 앞을 바라보았다.

이작교를 넘어선 그는 어느새 허름한 집들이 늘어선 길로 들어서 있었다.

질척거리는 바닥에 군데군데 물웅덩이가 널려 있고, 길을 따라 붉은 등이 내걸린 거리, 바로 홍등가였다.

본디 장사부는 놀기 좋은 도시였다.

맛있는 요리나 향기로운 술은 중원의 어디를 가도 다 있는 것이지만, 동정호와 연결된 상강(湘江)의 줄기가 도심을 가로지르며 만들어 놓은 자연경관은 다른 지방의 도시에서는 쉽게 접할 수 없는 장사부만의 자랑이었고, 그런 경치로 인해 자연히 발달한 밤의 문화가 가히 하늘 아래 최고라는 소주와 항주에 버금간다고 알려져 있었다.

바둑판처럼 성안의 거의 모든 지역에 닿은 운하와 그 위를 가로지르는 수십 개의 다리 주변의 거리마다에는 보이느니 객잔과 주점, 주루(酒樓), 기루(妓樓)였고, 그곳마다에는 지분을 곱게 바르고 날아갈 듯 휘날리는 나삼을 차려입은 여인들이 나긋하고 육감적인 몸매를 자랑하며 객을 유혹하는 것이다.

그러나 지금 설무백이 들어선 홍등가는 그런 거리들과는 사

천외천의
주인

뭇 다른 분위기였다.

우선 냄새부터가 달랐다. 여인의 진한 지분 냄새도 나긴 했으나, 그보다는 무엇인지 모를 쾌쾌한 냄새가 강해서 숨을 쉬기가 상당히 거북했다.

문가에 기대서서 혹은 길거리로 나서서 오가는 객을 향해 '놀다 가세요'라거나 '오빠, 여기'라거나 '싸게 해 줄게'라는 등의 호객 행위를 하는 것은 여느 거리와 비슷했으나, 다들 하나같이 열기 없는 눈빛에 힘이 빠져나간 목소리였다.

그리고 다른 것이 하나 더 있었다.

홍등가가 시작되는 거리의 초입에서부터 유혹하는 창기들보다 오가는 행인들을 더 주시하는 흑의사내들이 한둘 씩 보이기 시작했다.

다들 하나같이 잔뜩 힘이 들어간 어깨와 '나 알고 보면 사람깨나 죽여 본 놈이야'라고 얼굴에 써 붙여 놓은 것처럼 흉악한 인상의 사내들이었다.

바로 홍등가의 창기들을 관리하는 이작교의 무리인 것이다.

'대충 서성거리기만 해도 놈들이 알아서 다가온다고 하지 않았나?'

흑의사내들이 그저 쳐다보며 살필 뿐, 선뜻 다가오지 않고 있어서 은근히 신경이 쓰이는 참인데, 바로 그때였다.

호랑이도 제 말하면 온다더니만, 설무백 등이 홍등가로 들어설 때부터 주시하고 있던 흑의사내 하나가 힐끗힐끗 주변을 둘러보며 다가와서 물었다.

"타지에서 오신 분들 같은데, 발길이 더디시네? 뭐, 특별한 걸 찾으시나?"

설무백은 기다렸다는 듯이 말했다.

"소문 듣고 멀리서 왔는데, 어째 거리가 지저분해서."

흑의사내가 히죽히죽 웃으며 물었다.

"어디서 무슨 소문을 듣고 왔다는 거요?"

설무백은 짧게 대답했다.

"어린애."

"……."

흑의사내가 적잖게 예리해진 눈빛으로 설무백과 공야무륵의 전신을 위아래로 훑어보다가 피식 웃으며 말했다.

"아실라나, 그거 비싼데."

설무백은 말없이 은자 한 냥을 꺼내서 흑의사내에게 던져 주었다.

흑의사내가 얼떨결에 낚아챈 은자를 확인하고는 뒷덜미를 긁으며 딴청을 부렸다.

"에이, 이거 가지고는……!"

설무백은 은자 한 냥을 더 꺼내서 던져 주며 말했다.

"이건 그냥 소개비야. 마음에 들면 섭섭지 않도록 해 주지."

설무백이 던진 은자를 잽싸게 낚아챈 흑의사내가 넙죽 고개를 숙이고 한쪽으로 손을 내밀며 이동했다.

"이쪽으로 가시죠, 손님!"

설무백은 묵묵히 흑의사내를 따라갔다.

다른 흑의사내 하나가 뒤에 따라붙었으나, 신경 쓰지 않았다.

신나서 앞장선 흑의사내는 발걸음도 가볍게 홍등가의 깊숙한 안쪽으로 향했다.

이제 보니 흑의사내는 제법 지위가 높은 것 같았다.

호객행위를 하던 거리의 창기들과 주변에 있던 다른 사내들이 알게 모르게 흑의사내를 향해 고개를 숙이고 있었다.

흑의사내는 눈치껏 그들의 인사를 받으며 홍등가의 끝자락에 붙은 좁은 골목으로 진입했다.

골목은 조금 안으로 들어가자 끝이 보이는 막다른 골목이었는데, 그곳에는 여태 지나면서 봤던 집들과 달리 문이 닫힌 작은 목옥(木屋)이 하나 있었다.

흑의사내가 설무백을 향해 히죽 웃어 보이고는 목옥의 문을 두드렸다.

목옥의 문 상단에 달린 손바닥만 한 구멍이 열리며 사납게 보이는 눈 하나가 나타났다.

흑의사내가 엄지손가락으로 뒤에 있는 설무백과 공야무륵을 가리키며 말했다.

"손님."

구멍이 닫히고, 철컹 하며 문이 열렸다.

나무로 된 문인 줄 알았는데, 그렇게 위장한 철문이었던 것
이다.

철문 안쪽은 복도였다.

창대한 체구의 사내 하나가 그 복도를 막고 서 있다가 흑의
사내의 뒤를 따라서 설무백과 공야무륵이 안으로 들어서자
옆으로 붙어서 길을 내주었다.

"이쪽으로."

흑의사내가 앞서나가며 말했다.

설무백은 묵묵히 흑의사내의 뒤를 따라갔다.

복도의 끝에는 다시 문이었고, 그 문을 통해서 안으로 들어
가자 거대한 대청이 나왔다.

특이하게도 검은 휘장이 드리워진 한쪽 벽을 향해 십여 개
의 의자가 놓여 있는 대청이었다.

문가에 두 사내가 서 있고, 검은 휘장이 드리워진 앞에도 두
사내가 서 있었다.

암중에 숨죽인 자들은 차치하고, 문가의 두 사내는 호위로
보였고, 검은 휘장 앞에 서 있는 두 사내는 거기 서 있는 이유
가 있었다.

"열어."

흑의사내가 검은 휘장을 마주보게 배치한 의자에 설무백과
공야무륵을 앉히고 나서 그들을 향해 말하자, 그들이 각기 좌
우로 이동하며 거대한 휘장을 열었다.

그러자 드러난 것은 다소곳이 무릎을 꿇은 채 줄지어서 나란하게 앉아 있는 삼십여 명의 소녀들이었다.

"……!"

순간, 설무백은 의지와 무관하게 절로 오만상을 찡그렸다.

속이 훤히 비치는 나삼자락을 걸친 모습으로 앉아 있는 그녀들은, 아니, 그녀들이라고 할 수가 없었다.

그 아이들이었다.

노류장화보다 더 짙은 분으로 치장하긴 했으나, 설무백은 첫눈에 알아볼 수 있었다.

하나같이 앳된 얼굴이었다.

아무리 넉넉하게 봐도 열다섯 살을 넘긴 아이를 찾아볼 수가 없었다.

설무백는 분노가 들끓었다. 애써 참고 있음에도 대번에 그의 얼굴에 부른 빛이 감돌고 있었다.

심중의 분노가 용암처럼 비등한 것이었다.

천인공노도 유만분수지, 이건 정말 인간이 할 짓이 아니었다. 어찌 인간의 탈을 쓰고 이런 짓을 할 수가 있단 말인가.

그때 흑의사내가 그런 그의 분노를 전혀 알지 못한 채 휘장이 걷히고 드러난 아이들을 가리키며 자랑하듯 말했다.

"보시다시피 하나같이 열다섯 살 아래입니다. 열한 살짜리도 있으니, 잘 찾아보십시오. 흐흐……!"

설무백은 짧은 심호흡으로 화를 누르고 말했다.

"일단 휘장 다시 쳐 봐."

"예?"

흑의사내가 무슨 말인지 알아듣지 못했다.

설무백은 어금니를 악문 채로 거듭 말했다.

"저 휘장 다시 치라고!"

"……?"

흑의사내가 어리둥절해하면서 휘장을 열어 놓은 사내들을 향해 닫으라는 시늉을 했다.

사내들의 서둘러 휘장을 닫았다.

흑의사내가 와중에 설무백의 눈치를 보며 넌지시 말했다.

"애들이 마음에 안 드시는 거면 다른 애들을 불러드릴 수도 있습니다. 애들은 아주 많습니다."

설무백은 화를 억누르며 물었다.

"얼마나 더 있는데?"

"걱정 붙들어 매십시오."

흑의사내가 역시 그거였냐는 듯 의미심장한 미소를 지으며 손가락을 활짝 핀 두 손을 내보였다.

"적어도 이 정도는 됩니다."

"백 명……?"

"무슨 그런, 열 배요!"

열 배라면 적어도 삼백 명 이상의 아이들이 있다는 소리였다.

설무백은 새삼 안색이 싸늘하게 식었다.

그는 애써 마음을 다잡으며 물었다.

"그 애들이 다 여기에 있어?"

"물건 다 내놓고 장사하는 사람이 어디에 있습니까. 여기는 일부만 있고, 나머지는 거의 다 다른 장소에 있지요."

"거기가 어딘데?"

"멀지 않습니다. 금방 데려올 수 있습니다."

"그러니까, 거기가 어디냐고?"

"……"

흑의사내가 이제야 무언가 낌새가 이상하다고 생각되는지 슬쩍 얼굴을 뒤로 빼고 설무백을 바라보며 말했다.

"이상하시네? 왜 그런 걸 그리 꼬치꼬치 묻는 거죠?"

설무백은 이제 더 이상 본색을 감출 생각이 없었기 때문에 대수롭지 않게 말을 받았다.

"물을 만하니까 묻지. 잔소리 말고 어서 말해 봐. 거기가 어디야?"

흑의사내가 거칠게 심호흡하며 설무백을 노려보았다.

"뭐야, 이거? 보통 손님이 아닌가 보네? 나 지금 똥 밟은 거야? 어디? 포도아문? 아니면 지부 쪽?"

그는 설무백을 아주 관부의 인물로 단정해 버린 듯 바닥에 침을 뱉으며 툴툴거렸다.

"뒷돈을 그렇게 처먹고도 아직도 부족하다는 거야? 이거 해도 너무하잖아 정말!"

설무백은 포도아문과 지부까지 이놈들의 뒷배였다는 사실에 분노를 더하며 물었다.

"야, 까불지 말고 좋게 말할 때 불어. 나머지 애들 어디에 있어?"

흑의사내는 하수였다.

조금 과장되게 말하면 설무백의 발뒤꿈치 때만도 못한 정도였다. 그래서 그는 대답 대신 같잖다는 듯이 웃으며 설무백을 바라보았다.

"보아 하니 이제 막 부임한 신출내기인 모양인데, 너 내가 누군지 모르지?"

"알아."

설무백의 즉답에 흑의사내가 의외라는 듯 되물었다.

"내가 누군데?"

설무백은 짧게 대꾸했다.

"쓰레기."

흑의사내가 도끼눈을 떴다.

"이 새끼가 정말……!"

설무백은 흑의사내의 태도에 아랑곳없이 깊은 한숨을 내쉬고는 공야무륵을 향해 명령했다.

"이 자식 이거 입 좀 찢어서 꿇어앉혀 봐!"

찢어 죽여도 시원찮은 놈들 (2)

공야무륵은 설무백의 명령대로 흑의사내를 꿇어앉히기는 했으나, 입을 찢어 놓지는 않았다.

대신 흑의사내는 얼굴이 함몰되고 턱뼈가 주저앉으며 앞니가 죄다 날아가서 침을 삼킬 수 없는 상태가 되었다.

느닷없이 날린 공야무륵의 주먹 한 방이 만들어 놓은 현실이었다.

그러나 흑의사내는 약과였다.

흑의사내가 졸지에 나가떨어지자 얼떨결에 나선 문가의 두 사내는 머리가 박살 나서 죽었고, 검은 휘장을 닫다가 덤벼든 두 사내는 목이 날아가서 죽었다.

은신술을 발휘해서 숨죽이고 있던 암중의 사내들은 공야무릭이 신경 쓰지 않아도 되었다.

암중의 사내들은 밖으로 모습을 드러낼 사이도 없었다.

내내 그들을 주시하던 흑영과 백영이 공야무릭의 행동을 보고 반응하려는 그들을 먼저 잠재워 버렸기 때문이다.

불과 한 호흡도 되지 않았다.

장내는 일체의 소음 하나 없이 깔끔하게 정리되었고, 유일한 생존자인 흑의사내는 피와 침을 질질 흘리는 모습으로 설무백 앞에 무릎 꿇고 있었다.

설무백은 처참하게 망가진 얼굴로 부들부들 떠는 흑의사내를 냉정하게 바라보며 물었다.

"이름?"

흑의사내가 반사적으로 대답했다.

"가소(可笑)입니다."

턱이 내려앉고 앞니가 몽땅 날아갔음에도 제법 정확한 발음의 목소리가 나왔다.

내려앉은 턱을 움직이느라 고통이 상당할 텐데, 전혀 느끼지 못하는 기색이었다.

죽음에 대한 공포가 육체의 감각조차 마비시킨 것 같았다.

설무백은 그러거나 말거나 바로 질문을 이어 나갔다.

"지위는?"

"밖의 애들을 관리하는 조장입니다."

설무백은 절로 고개를 끄덕였다.

우연찮게도 제대로 골라잡아서 새로운 자를 엮지 않아도 될 것 같았다.

"좋아, 가소. 네가 받들어 모시는 황노사(黃老師)는 지금 어디에 있냐?"

이작교의 수뇌는 그저 황노사라고는 호칭만 알려졌을 뿐만 아니라, 여태 단 한 번도 공식석상에 나타나지 않았으며, 거처 또한 전혀 드러나 있지 않았다.

세간에는 그 모든 것이 관부를 의식한 흑도의 전형인 수법 이라고 소문나 있으나, 부적산의 생각은 조금 달랐다.

부적산은 황노사가 쾌활림에 소속된 자라서, 그것도 쾌활림 에서 제법 지위가 높은 자라서 대외적으로 신분을 감추고 있는 것이라고 추론했다.

그런데 아무래도 그게 사실인 것 같았다.

"……!"

흑의사내, 가소가 선뜻 대답하지 못하고 머뭇거렸다.

매우 당황한 기색이었다.

그저 자신이 모시는 대장의 거처를 묻는 말에 이런 반응을 보일 이유는 좀처럼 찾기 어려웠다.

여타 홍등가의 흑도들과는 차원이 다르게 높은 무위를 지닌 것에 더해서 이 또한 부적산의 추측에 신빙성을 더하는 행동이 었다.

설무백은 나직이 경고했다.

"가소, 너는 어차피 오늘 죽을 거다. 나는 너를 살려 둘 생각이 전혀 없으니까. 단, 약속하마. 내 말에 제대로 대답하지 않으면 너는 필시 죽고 싶어도 죽을 수 없게 될 거다."

"......!"

설무백의 솔직한 진심이 제대로 전달된 것 같았다.

한차례 부르르 진저리를 친 가소가 공포에서 체념으로 변한 눈빛으로 고개를 숙이며 대답했다.

"황노사가 지금 어디에 있는지는 저도 모릅니다. 아니, 저만이 아니라 우리 이작교의 그 누구도 모릅니다. 그분은 우리와 함께 지내지 않고, 그저 가끔 한 번씩 들러서 이곳을 살필 뿐이니까요."

"그럼 여긴 누가 관리하지?"

"채적(采摘) 이당가가 관리하고 있습니다. 황노사와 독대할 수 있는 유일한 사람입니다."

설무백은 절로 고개를 끄덕였다.

채적이라면 부적산이 언급한 이작교의 요인들 중 부두목에 해당하는 자였다.

"그는 지금 어디에 있지?"

"보통은 안채에 거하지만, 오늘은 자리를 비웠습니다. 어제 잠시 볼일이 있다면서 나갔는데, 오늘 중으로 돌아온다고 했습니다."

설무백은 가만히 고개를 끄덕이며 재우쳐 물었다.

"여기와 같은 곳이 몇 곳 더 있다고 했지?"

"예……."

"여기서 가깝겠지?"

"예……. 다 수백 장 이내입니다."

"네가 안내해."

"예?"

설무백은 화들짝 놀라서 고개를 쳐드는 가소를 외면하며 흑영과 백영을 불렀다.

"흑영! 백영!"

"옙!"

흑영과 백영이 짧은 대답과 함께 홀연한 모습으로 그의 면전에 나타나서 고개를 숙였다.

"하명하십시오!"

설무백은 하명했다.

"이자와 함께 가서 애들을 전부 다 데려와라! 걸리적거리는 놈들은 깔끔하게 다 처리해서 흔적을 남기지 말고!"

"옙!"

흑영과 백영이 즉시 가소의 뒷덜미를 잡고 밖으로 나갔다.

설무백은 그 사이 공야무륵을 향해 싸늘한 명령을 내렸다.

"여기 싹 정리해! 한 놈도 살려 두지 마!"

"옙!"

공야무륵이 짧은 대답과 동시에 도끼를 뽑아 들며 밖으로 나서는 사이, 설무백의 명령이 요미에게 이어졌다.

"여기 있는 애들은 요미, 네가 가서 이쪽으로 데려오고. 애들 겁먹지 않게 잘 다독여야 한다?"

"문제없어요."

요미가 서둘러 밖으로 사라졌다.

설무백은 그제야 자리를 옮겨서 전면에 길게 그리워진 검은 휘장을 헤치고 안으로 들어갔다.

거기 앉아 있던 소녀들은 겁에 질린 모습으로 꼼짝도 하지 못한 채 바들바들 떨고 있었다.

설무백은 최대한 부드러운 미소로 아이들을 대하며 말했다.

"겁먹을 필요 없어. 이제 너희들을 괴롭힐 사람은 없으니까. 내가 너희들을 다 집으로 돌려 보내 줄 거야."

떨고 있던 소녀들 중 하나가 도리질을 하며 대꾸했다.

"집으로 돌아갈 수 없어요. 우리가 집으로 돌아가면 가족들까지 다 죽인다고 했어요."

설무백은 웃는 낯으로 힘주어 말했다.

"아니, 이제 그런 일은 없을 거야! 절대로! 약속해!"

다른 소녀 하나가 용기를 낸 표정으로 물었다.

"여기 있는 아저씨들은 다 무서운 사람들이에요. 오빠가 그런 여기 아저씨들보다 세다는 건가요?"

"당연하지! 나보다 강한 사람은 세상에 손꼽을 정도로 적어! 자랑이 아니라 사실이 그렇다는 거야!"

"정말이에요? 거짓말 아니죠?"

"정말이고말고!"

설무백은 보란 듯이 가슴을 두드리며 거듭 강조했다.

"하늘과 땅을 걸고 맹세할 수 있어!"

장내의 분위기가 적잖게 풀렸다.

서로서로 눈치를 보는 소녀들의 얼굴에 조금씩 화색이 도록 있었다.

설무백은 그런 소녀들을 주시하며 조심스럽게 다시 말했다.

"근데, 애들아. 하나 물어볼 게 있는데, 너희들 혹시 처음에 같이 있던 어린애들은 어디로 갔는지 아니?"

이건 지금 여기에 있는 아이들이 쾌활림에서 강시 제조에 따른 인신공양을 위해 모집한, 아니, 납치한 아이들로 보고 묻는 말이었다.

그는 특정 대법에서 요구하는 아이들은 최소한 열 살 미만이어야 한다는 것을 지난날 활강시의 손자인 무일에게 들었기 때문에 가능한 예상이었다.

즉, 여기 있는 소녀들은 저들이 바라는 조건에 부합되지 못해서 내쳐진 아이들이라는 것이 그의 생각인 것이다.

아니나 다를까, 그의 예상이 옳았다.

잠시 서로서로 눈치를 보던 소녀들이 하나둘씩 나서서 그의 예상이 틀리지 않았음을 증명해 주었다.

"그런 애들은 다른 아저씨들이 데려갔어요."

"맞아요. 저랑 같이 있던 애들도 그랬어요."

"저랑 같이 있던 애들도 그랬는데, 아마 너무 어려서 그냥 돌려보냈나 봐요."

"저도……."

아이들은 하나같이 같은 생각을 하고 있었다.

그 아이들은 너무 어려서 그냥 돌려보냈을 거라는 생각이 바로 그것이었다.

그러나 설무백은 그게 아니라는 사실을 익히 잘 알고 있었다.

그 아이들이야말로 저들이 바라는 인신공양에 부합되는 존재들이었다.

저들은 무작정 어린 소녀들을 납치했다가 인신공양에 부합되는 소녀들만 추리고 나머지 열 살 이상의 소녀들은 이렇듯 몸을 팔게 하는 천인공노할 만행을 자행하고 있는 것이다.

'어떻게 이렇게까지 타락을……!'

설무백은 분노를 더했다.

이제 쾌활림은 실로 더 이상 구제할 방법이 없다는 결론이 그의 뇌리에 박히고 있었다.

그래도 혹시나 했던 그의 기대가 무색하게 쾌활림은 마교의 하수인 정도가 아니라 벌써 마교와 같은 길을 가고 있는 것이다.

"그래, 고맙다. 그렇구나. 너무 어려서 보냈구나. 다행이다."

설무백은 실로 지고지순한 인내로 애써 분노를 억누르며 웃
는 낯으로 소녀들의 말에 동조했다.

다행히도 마침 그때 문이 열리며 겁먹은 모습인 소녀들이 한
껏 눈치를 보며 줄지어 대청으로 들어오기 시작했다.

요미가 어느새 이곳의 다른 소녀들을 찾아내서 데리고 온
것이다.

"아까 그놈이 뺑쳤어. 다 뒤져 봤는데, 얘들밖에 없던 걸?"

대략 오십여 명인 소녀들의 후미에 붙어서 대청으로 들어온
요미의 보고였다.

요미의 뒤를 이어서 대청으로 들어온 공야무륵이 고개를 갸
웃거리며 그녀의 말을 부연했다.

"다른 곳에 있는 걸까요?"

그랬다.

요미의 생각처럼 가소가 과장을 보탠 것이 아니었다.

공야무륵의 말마따나 다른 곳에 있었다.

그로부터 대략 한식경 후에 그것이 드러났다.

가소를 앞세운 흑영과 백영이 무려 삼백여 명의 소녀들을
데려왔던 것이다.

"여긴 작은 곳이었습니다. 안쪽에 있는 창사(娼舍)는 아주 대
규모고, 그것도 부족해서 인근의 창루로 출장까지 보내고 있었
습니다. 정확히 삼백다섯 명인데, 여기 안으로 다 들어올 수
있는 인원이 아니라서 밖에 대기시켰습니다. 백영이 지키고 있

고요."

"처리는 잘했고?"

"혹시나 해서 차마 창사에 불은 지르지 못했지만, 눈에 보이는 놈들은 죄다 처리했습니다."

보고하는 흑영의 목소리에는 짙은 살기가 배어 있었다.

의복에 묻은 피가 적지 않은 것으로 봐서는 상당한 인원을 해치운 것으로 보이는데, 그래도 아직 분이 풀리지 않은 모양이었다.

"수고했다. 그런데 한 번 더 수고해 줘야겠다."

설무백은 어리둥절해서 쳐다보는 흑영을 향해 재우쳐 말했다.

"어떤 식으로든 벌써 여기 소식이 쾌활림으로 전해졌을 가능성이 높다. 해서, 애들이 이쪽 지역에 있는 건 위험하니, 흑선궁으로 데려다 주어야겠다."

누구 명령이라고 감히 거역할 수 있을 것인가.

흑영은 즉시 고개를 숙이며 공수했다.

"알겠습니다, 다녀오겠습니다."

설무백은 흑영의 인사를 받는 대신 요미에게 시선을 돌리며 말했다.

"너도 같이 다녀와. 사내 둘이서 이 많은 여자애들을 인솔하기에는 힘든 부분이 있을 테니까."

요미는 기꺼운 표정이 아니었다.

설무백의 곁에서 떨어지기 싫어하는 것이었는데, 그래도 감히 그의 지시를 거역할 수는 없는지 뾰로통해진 얼굴로나마 서둘러 돌아서며 당부했다.

"오빠 먼저 쾌활림으로 가면 안 되는 거 알지? 무슨 일이 있어도 여기서 기다리는 거다?"

"알았으니까, 어서 갔다 와."

요미는 설무백의 대답을 듣고 나서야 대청의 소녀들을 인솔해서 밖으로 나서는 흑영의 뒤를 따라갔다.

설무백은 그제야 픽 웃으며 공야무륵에게 시선을 주었다.

"여기 애들은……?"

"걱정 마십시오."

공야무륵이 아둔해 보일 정도로 둔한 외모와 달리 예리하게 그의 생각을 읽고 대답했다.

"명령하신 대로 흔적을 남기지 않았습니다. 누가 방문해도 다들 잠시 자리를 비운 것으로 알 겁니다."

설무백은 만족한 표정으로 고개를 끄덕이며 자리에 앉아서 두 다리를 탁자에 올려놓았다.

공야무륵의 말이라면 믿을 수 있으니, 잠시라도 분노를 가라앉히고 생각을 정리하고 싶었다.

그러나 그에게 그럴 여유는 없었다.

다가오는 인기척이 있었다.

설무백은 슬쩍 고개를 돌려서 대청의 문을 주시했다.

공야무륵이 그제야 느낀 듯 그가 바라보는 대청의 문 앞으로 가서 대기했다.

약간의 시간차를 두고 밖에서부터 거친 욕설이 들려왔다.

"이 새끼들 지금 다 뭐 하고 자빠져 있는 거야?"

그리고 이내 잠잠해졌다.

인기척의 주인공은 무언가 이상한 느낌을 받은 모양이었다.

문득 숨소리까지 낮추며 은밀한 움직임으로 그들이 있는 대청을 향해서 다가오고 있었다.

그러나 설무백은 고사하고, 공야무륵만 해도 작금의 강호 무림에서 적수를 찾기 어려운 고수였다.

공야무륵은 소리 없이 히죽 웃으며 상대의 동향을 살피고 있다가 순간적으로 대청의 문을 당겨서 열었다.

"헉!"

흑의사내 하나가 당겨지는 문과 함께 들어왔다.

공야무륵은 흑의사내가 문고리를 잡는 순간에 엄청난 완력으로 사정없이 문을 당겨 버렸던 것이다.

다음 순간, 앞으로 내밀어진 그의 다른 손이 놀라서 헛바람을 삼키는 흑의사내의 목을 움켜잡았다.

"컥!"

공야무륵의 엄청난 완력에 숨이 막혀 버린 흑의사내가 절로 혀를 길게 내밀었다.

흑의사내는 반사적으로 두 손을 내밀어서 공야무륵의 손목

을 부여잡고 용을 썼으나, 공야무륵의 손은 강철기둥처럼 꼼짝
도 하지 않았다.

공야무륵은 흑의사내의 발버둥질을 아무렇지도 않게 버티
며 설무백의 면전으로 와서 거기 있는 의자에 흑의사내를 주저
앉혔다.

그리고 흑의사내의 목을 당겨서 콧잔등이 닿을 정도로 얼굴
을 가까이 마주하며 경고했다.

"그대로 움직이지 마라. 죽는다."

말과 동시에 뽑혀진 도끼 하나가 흑의사내의 어깨에 툭 하
고 올려졌다.

안 그래도 새파랗게 질려 버린 흑의사내가 더욱 새파랗게
질려 버리며 그대로 굳어져 버렸다.

공야무륵은 그제야 설무백을 향해 고개를 숙이며 말했다.

"말씀하시죠?"

설무백은 기꺼이 고개를 끄덕이며 흑의사내를 향해 물었다.

"네가 여기 이당가인 채적이지?"

흑의사내는 찢어진 눈매와 뾰족한 콧날, 얇은 입술에 가져
서 사나우면서도 일면 잔머리를 많이 굴릴 것 같은 인상인 사
십대의 중년인이었다.

하지만 오늘의 그는 화를 내거나 잔머리를 굴릴 기회도, 여
유도 없었다.

그의 어깨에 놓인 공야무륵의 도끼가 그를 그렇게 만들어

버렸다.

"그, 그렇소……만, 다, 당신들은 누구요?"

공야무륵이 흑의사내, 이당가 채적의 어깨에 올려놓은 도끼를 슬쩍 들었다가 다시 내려놓으며 경고했다.

"한 번만 더 쓸데없는 말대꾸를 하면 이쪽 팔은 없는 거다?"

채적이 바짝 얼어붙었다.

설무백은 그게 아랑곳하지 않고 말했다.

"저기 있는 저 친구가 그러는데, 여기 이작교에서 오직 체적, 당신만이 황노사의 거처를 안다고 하더군."

그는 무심하게 재우쳐 물었다.

"황노사 지금 어디에 있어?"

황노사, 황백(黃柏)은 지금 대단히 기분이 좋지 않았다.

아침부터 상관에게 불려가서 이것저것 핀잔을 들은 것도 짜증나는 일이었는데, 그 이후부터 이리저리 끌려다니며 이 사람 저 사람의 비위를 맞추어야 했고, 날이 저물어서야 겨우 풀려난 그가 거처인 장원으로 돌아와서 다리 좀 피고 쉬나 했더니만 그마저 글러 버렸다.

난데없이 이작교에서 무언가 문제가 생긴 것 같다는 전갈이 도착한 것이다.

"대체 무슨 문제가 생겼다는 거야? 또 어떤 년이 겁대가리 상실하고 손님 거시기를 물기라도 했어?"

"아, 아니, 그게 아니라…… 헉헉! 계집애들이 전부 다 밖으로…… 헉헉! 그러니까, 창사를 벗어나서 거리로 나섰습니다. 헉헉!"

전갈을 가지고 온 사내, 소목(小鶩)은 이작교의 패거리가 아니라 만일의 경우에 대비해서 근방에 깔아 놓은 염탐꾼 중 하나였는데, 어찌나 숨차게 달려왔는지 여전히 숨을 헐떡이느라 제대로 말을 하지 못하고 있었다.

황백은 절로 오만상을 찡그리며 악을 썼다.

"지금 무슨 개소리를 지껄이는 거야?"

"개, 개소리가 아니라…… 헉헉! 정말입니다! 헉헉!"

"이 새끼가 정말!"

황백은 더는 참지 못하고 분노를 터트리며 소목의 멱살을 움켜잡았다.

"제대로 보고하지 못해! 대체 뭐라는 거야? 왜 계집애들이 창사를 벗어나서 거리에 나서?"

소목이 다급하게 대답했다.

다행히 이제 제법 숨을 골라서 머리가 제대로 돌아가는지 제법 요점이 정리된 말이었다.

"자, 잘은 모르지만, 처음에는 제이창사와 제삼창사에 머물던 어린 계집들이 전부 다 제일창사로 몰려갔습니다. 두 명의 사내가 인솔하는 것 같았는데, 둘 다 이작교의 무리가 아니었습니다. 그리고 조금 있다가 제일창사의 어린 계집들도 그 무리에 합해져서 이작교를 빠져나갔습니다. 역시나 그 계집들을 인솔한 것은 제가 아는 이작교의 무리가 아니었고요!"

"……!"

황백은 이제야말로 사태의 심각성을 제대로 간파하며 절로 몸서리를 쳤다. 소목의 보고가 사실이라면 그는 살아도 산목숨이 아니게 되는 것이다.

"거기…… 아니! 그 계집들이 어디로 가는지는 확인했냐?"

"아니요, 미처 거기까지는……! 어서 단주님께 알려야 한다는 생각이 앞서서 그만……!"

"확실히 이작교 애들은 안 보였냐?"

"예, 안 보였습니다!"

"한 놈도?"

"예, 한 놈도…… 아니, 한 사람도 안 보였습니다!"

"어제 내게 보고하러 왔던 채적이 오늘 돌아갔다. 그놈도 못 봤어?"

"예, 못 봤습니다!"

"젠장!"

황백은 욕설과 함께 소목의 멱살을 놓아주며 털썩 침상에 주저앉았다.

그렇게 다리에 힘이 풀렸다.

그러다가 그는 다시 벌떡 일어났다.

"이럴 때가 아니다! 이 사실이 쾌활림에 알려지면 끝장이다! 어떻게든 빨리 수습해야 한다!"

그는 허겁지겁 의복을 챙기고 침상을 일별하며 소목을 향해 말했다.

"혹시 모르니 저년은 네가 데려가서 처리해라! 절대 흔적은 남기지 말고!"

황백의 시선이 가리킨 침상에는 겁에 질린 모습인 어린 소녀 하나가 바들바들 떨고 있었다.

언제나 황백이 회포를 풀려고 이작교에서 데려다 놓은 어린 소녀였다.

"아, 예!"

소목이 자주 해 본 일인 듯 일말의 주저함도 없이 대답하며 음탕한 눈빛으로 소녀를 바라보았다.

황백은 신경 쓰지 않고 외면했다.

어차피 늘 그렇듯 하룻밤 노리개에 불과했다.

그렇게 돌아서서 허겁지겁 의복을 챙겨 입은 그는 벽에 걸어 둔 칼을 챙기고 대청을 나서며 소리쳤다.

"장복(張覆)! 안추(安樞)! 지금 당장 영내에 있는 모든 애들을 집결시켜라! 어서 빨리 이작교로 가야 한다!"

"그럴 필요 없어."

"뭐, 뭐라고?"

부랴부랴 밖으로 나서다가 누군가의 대답을 듣고 얼떨결에 대답한 황백은 이내 얼음처럼 굳어 버렸다.

대청을 벗어나 밖으로 나선 그의 전면을 두 사내가 막고 있었다.

그가 부른 수족들인 장복과 안추가 아니라 낯선 두 사내였는데, 그중에 어깨까지 늘어진 머리카락이 온통 눈처럼 하얀 은발이라 요사스러운 느낌을 주는 청년이 피식 웃는 낯으로 두 팔을 펼쳐 보이며 한마디 더했다.

"우리가 이렇게 왔으니까."

황백의 눈동자가 빠르게 굴렀다. 그리고 분노했다.

그는 머리가 둔한 사람이 아닌지라 대번에 사태를 파악한 것이다.

"이작교를 건드린 놈들이 네놈들이냐?"

은발청년이 답변 대신 반문했다.

"당신이 숨은 이작교의 주인이라는 황노사, 황백인가?"

황백은 머리만 둔하지 않는 것이 아니라 눈치도 빠르고 제법 감도 있었다.

그래서 그는 첫눈에 다짜고짜 질문을 던진 은발청년이 범상치 않음을 느낄 수 있었다.

그는 대답을 미룬 채 은발청년을 찬찬히 뜯어보았다.

매우 독특하고 대단히 강렬한 용모를 가진 청년이었다.

분명 처음 보는 얼굴임에도 낯설지 않다는 기분이 드는 것은 아마도 그와 같은 강렬함 때문일 터였다.

'주의해서 나쁠 것이 없는, 하지만 굳이 꿀릴 것도 없는 종자인 건가?'

황백은 그렇게 설무백의 첫인상을 평가하며 태연하게 웃었다.

그는 둔하지 않고, 눈치도 있으며, 타고난 감도 나쁘지 않은 자신의 판단을 믿으며 되물었다.

대화를 주도하려는 노력이었다.

"나를 아나?"

은발사내가 대수롭지 않게 그의 노력을 무산시켰다.

"귀가 어두운 거야, 질문의 본질을 모르는 거야? 그럼 다시 묻지. 쾌활림의 외삼당 중 하나인 사수당(四獸黨) 소속의 제이단주이면서 비밀리에 이작교의 수뇌 노릇을 하고 있는 반야도(反野刀) 황백이 너 맞지?"

황백은 한 방 맞은 표정으로 굳어졌다.

낯선 자가 이 정도까지 그의 정체를 파악하고 있다는 사실은 실로 충격이었다.

그는 애써 내색을 삼가며 되물었다.

"내가 그걸 네게 알려 줄 이유가 뭐냐?"

은발청년, 설무백은 짧고 나직한 한마디 반문으로 황백의 의문을 해소해 주었다.

"그냥 죽을래?"

황백이 절로 움찔했다.

그는 대번에 모골이 송연해지며 의지와 무관하게 저절로 몸이 부르르 떨렸다.

설무백의 무심한 목소리에는 그처럼 그를 두렵게 만드는 힘
이 담겨 있었다.

그는 애써 여유를 가장하며 허리의 칼을 뽑아서 어깨에 척
기댔다.

비스듬히 어깨에 기댄 그의 칼날이 예사롭지 않은 빛을 발했
다.

와중에 그가 내력을 운기한 까닭이었다.

그의 표정도 사뭇 변했다.

칼이 손에 들리자, 완전히 사라진 것 같았던 여유가 생겨났
다. 기실 자랑은 아니나, 쾌활림의 단주는 아무나 될 수 있는 자
리가 아니었다.

쾌활림에서의 서열도 상위에 속하는 것은 물론, 강호 무림
에서는 일류를 넘어서서 절정고수로 대우받는 사람이 그인 것
이다.

그는 사라졌던 자신감이 돌아와서 웃으며 말했다.

"겁이 없네? 내가 쾌활림의 단주라는 사실을 알면서도 그리
건방진 말을 하다니 말이야. 너야말로 죽고 싶은 거냐?"

설무백은 귀찮고 피곤해진 사람이 다 그렇듯 슬쩍 들어 올
린 두 손으로 관자놀이를 문지르며 말했다.

"하여간 보는 눈이 없는 애들은 이게 문제야. 상대가 누군지
도 모르면서 좋은 말로 하면 꼭 이렇게 안 듣고 반발을 해요."

그는 정말 답답하다는 듯 한숨을 내쉬며 재우쳐 공야무륵을

호명했다.

"공야무륵!"

공야무륵이 앞으로 나서며 물었다.

"죽일까요?"

"얘기 좀 하게 죽이진 말고, 일단 꿇어앉혀 봐."

"옙!"

다부지게 대답한 공야무륵이 휘적휘적 앞으로 나서며 허리에서 도끼 한 자루를 뽑아 들었다.

장대하진 않아도 범종처럼 넓은 어깨를 가진 단단한 체격에 비해 지나치다싶을 정도로 가벼워 보이는 발걸음이라 상당한 수련을 거친 고수임이 드러나는 모습이었다.

그러나 황백의 눈에는 차지 않았다.

나름 고도의 수련을 거친 고수라는 생각이 들긴 하지만 적어도 그가 경계해야 할 고수로는 보이지 않고 있었다.

거대한 도끼, 대월을 거북이 등딱지처럼 등에 들쳐 매고, 허리에 남아 있는 또 하나의 도끼가 발걸음에 따라 이리저리 흔들리고 있어서 솔직히 우스꽝스럽게 보이기까지 했다.

설무백이 농담처럼 혹은 그냥 의미 없이 지나가는 것처럼 흘린 말마따나 그는 사람을 보는 눈이 없진 않지만 매우 아직 부족했기 때문이다.

황백은 그래서 멍청한 표정으로 한 손에 도끼를 들고 휘적휘적 앞으로 나서는 공야무륵보다는 아무리 봐도 어느 정도의 인물인지 알 수가 없는 설무백을 더 주시하며 칼을 휘둘렀다.

공야무릇을 간단히 상대할 수 있을 것으로 계산하고 단칼에 목을 베어 버릴 심산이었다.

하지만 모름지기 세상의 모든 것은 보고 느끼는 것이 다가 아니고, 더 나아가서 직접 겪어 봐도 정확한 실체를 알 수 없는 것도 적지 않았다.

그에 준해서 공야무릇은 후자는 아닐지 몰라도 전자에 속하기에는 부족함이 없는 사람이었다.

턱-!

공야무릇은 아무렇지도 않게 왼손을 내밀어서 크게 휘둘러지는 칼의 손잡이를 잡고 있는 황백의 손을 잡아챘다.

그리고 대수롭지 않게 오른손에 잡고 있는 도끼를 휘둘러서 황백의 두 다리를 무릎에서부터 썩둑 잘라 버렸다.

황백의 입장에선 뻔히 두 눈으로 바라보면서도 막을 수도 없고, 피하지도 못한 일격이었다.

캌-!

뒤늦게 뼈가 잘라져 나가는 섬뜩한 소음이 울렸다.

황백은 중심을 잃으며 의지와 무관하게 무릎을 꿇고 있었다.

그는 그제야 엄청난 고통 속에서 꿈을 꾸는 것 같은 현실을 제대로 인지하며 찢어지는 비명을 내질렀다.

"으악!"

사방으로 피가 튀었다.

황백이 그렇게 몸부림쳤다.

공야무륵이 태연하게 그런 그의 어깨를 도끼로 눌러서 꼼짝도 하지 못하게 제압해 버렸다.

"그만. 명색이 무공을 익힌 놈이 그 정도도 못 참아서야 어디 쓰겠냐."

"으으......!"

황백은 절로 눈물이 흘러나오는 고통 속에 신음하면서도 공야무륵의 경고를 정확히 들으며 더 이상 움직이지 않았다.

아니, 움직일 수가 없었다.

움직이면 공야무륵의 도끼가 여지없이 자신의 목을 잘라 버릴 것 같다는 공포는 둘째 문제였다.

그는 그제야 보았다.

두 다리가 잘려서 본의 아니게 개처럼 엎드리는 바람에 절로 그의 시야에 들어온 공야무륵의 발치에는 혀를 길게 빼문 두 개의 머리가 나뒹굴고 있었다.

바로 그의 수하들인 장복과 안추의 머리였다.

조금 전에 장복과 안추가 그의 부름에 답하지 못했던 것은 이미 죽었기 때문인 것이다.

황백은 잘려진 두 다리의 고통과 무관하게 새삼 몸서리를 쳤다.

극도의 공포가 부른 몸서리였다.

공야무륵이 그제야 씩 누른 이를 드러내며 설무백을 향해 말했다.

"이제 질문하셔도 됩니다."

설무백은 슬쩍 미간을 찌푸리며 황백이 아니라 공야무륵을 향해 물었다.

"왜 이리 심하게 손을 쓴 거야?"

공야무륵이 심드렁하게 대꾸했다.

"눈빛이 마음에 안 들어서요."

설무백은 인정했다.

"그럼 어쩔 수 없지."

그때 앞서 황백이 나왔던 전각의 문이 열리더니, 겁에 질려 하는 어린 소녀 하나를 품에 보듬은 요미가 나오며 말했다.

"어쩔 수 없는 게 아니라, 그래도 싼 놈이야! 얘기를 들어 보니까, 매일 밤 애들을 데려다가는……!"

요미가 차마 뒷말을 잇지 못한 채 살기 어린 눈빛으로 잡아먹을 듯이 황백을 노려보았다.

설무백은 대번에 상황을 짐작하며 싸늘하게 황백을 노려보며 말했다.

"네게 살 길은 없어. 대신 두 가지 길이 있는데, 하는 쉽게 죽는 거고, 다른 하나는 어렵게 죽는 거야. 어렵게 죽는다는 말이 무슨 뜻인지는 알지?"

황백은 대답하지 않았다.

하지만 설무백을 두렵게 바라보는 그의 두 눈빛에는 충분히 알고 있다는 감정이 담겨 있었고, 그 눈빛은 이내 절망으로 바뀌었다가 다시 체념으로 변화했다.

설무백은 그런 황백의 감정을 냉정하게 눈여겨보며 물었다.

"선택해. 어떻게 죽고 싶어?"

황백은 참담하게 일그러진 얼굴을 떨어뜨리며 말을 더듬었다.

설무백의 강렬한 눈빛은, 그 속에 담긴 위압감은 그가 감히 정면으로 마주보기 어려운 것이었다.

"쉬, 쉽게…… 주, 죽고 싶소."

설무백은 고개를 끄덕이는 것으로 수긍하며 말했다.

"좋아. 그럼 지금부터 내 말을 듣고 제대로 대답해 주길 바라. 내가 지금 사다리를 타고 있어. 모처에서 이작교에 대한 얘기를 들었고, 이작교에서 만난 이당가 채적에게 너에 대해 들었지. 아, 참고로 채적도 쉽게 죽는 것을 택했어. 자, 이제 질문!"

일순 그의 눈빛이 야수의 그것처럼 새파랗게 변했다.

그 상태로, 그는 물었다.

"네 뒤에 있는 건 누구야? 인신공양도 부족해서 어린아이들에게 몸을 팔게 만든 그 짐승만도 못한 개자식 말이야!"

"짐승만도 못한 그 개자식은 쾌활림의 외삼당 중 하나인 사수당의 네 마리 짐승이라고 했는데, 어째서 지부로 가시는 겁니까?"

황백을 처리하고 돌아선 길이었다.

공야무륵은 난데없이 지부의 위치를 확인하며 그쪽으로 방향을 잡는 설무백의 선택을 이해하지 못한 기색이었다.

설무백의 얼굴은 적잖게 상기되어 있었다.

황백과 그 수하들을 냉혹하게 도살한 이후임에도 아직 분노가 여전히 가라앉지 않은 까닭이었다.

공야무륵의 질문을 들은 그가 자못 냉정한 어조로 대답한 것도 그 때문이었다.

"사다리 타기는 끝났어. 더는 올라갈 곳이 없으니까. 사수당의 공동 당주인 네 마리 짐승은 사도진악이 적잖게 아끼는 자들이거든. 즉, 이작교의 일은 사도진악도 알고 있다는, 아니, 그의 지시에 따른 것이라는 소리지. 그래서 그래. 쾌활림으로 가 보기 전에 주변 청소부터 깔끔히 해 두려는 거야."

공야무륵이 과연 우둔해 보이는 외모와 달리 예리한 면을 갖춘 사람답게 바로 알아들었다.

"그렇군요. 세상이 아무리 어수선해졌기로서니 지부가 관내에서 벌어지는 그 일을 몰랐다는 것은 말이 안 되지요. 여태 그런 천인공노할 짓을 방관하고 있었다는 것은 지부가 이미 쾌활림의 수중에 있다는 소리네요."

설무백은 냉정하게 말을 받았다.

"암묵적으로 지켜지던 무림과 관부의 경계는 이미 사라졌으니 이제 더 이상 지킬 필요 없어."

공야무륵이 의미심장한 대답을 내놓았다.

"대신 북평과 응천부의 경계가 생겼죠."

설무백은 공야무륵이 무슨 생각, 어떤 의도를 가지고 이런 말을 하는지 익히 잘 알기에 힘주어 말했다.

"그것도 신경 쓰지 마. 설령 여기 지부가 북평의 뜻을 따르는 자라고 해도 상관없어. 아니, 상관은 있겠네. 실로 그렇다면 북평과도 거리를 둬야 할 테니까."

공야무륵이 히죽 미소를 지으며 고개를 좌우로 흔들어서 우두둑 뼈가 어긋나는 소리를 냈다.

"그렇다면야 오랜만에 몸 좀 풀겠네요. 저는 이상하게 이쪽 애들의 손맛이 좋더라고요. 흐흐흐……!"

설무백은 그 이유를 알 것도 같았다.

그가 아는 공야무륵은 투박한 성격 이면에 의외로 협객의 기질이 다분했다.

그런 공야무륵의 눈에 나라를 지키고 백성을 수호해야 하는 자들의 방종과 타락이 절대 좋게 보일 리 없었다.

그리고 이번 경우는 그도 그랬다.

이작교의 사태는 기본적으로 전생과 이생의 변화를 극대화하지 않으려고 노력하는 그의 사고마저 무디게 만들었다.

제아무리 감당하기 어려운 변화가 일어나더라도 절대 용서할 수 없었다.

그래서 그의 문제는 지부도, 쾌활림도 아닌 사도진악이었다.

사도진악은 쾌활림의 정예들을 거느린 채 흑도천상회에 거주하고 있었고, 그것은 사도진악을 치려면 흑도천상회와의 싸움도 각오해야 한다는 뜻이었다.

작금의 강호 무림이 돌아가는 상황으로 볼 때, 흑도천상회도 이미 사도진악의 수중에 떨어졌을 가능성이 매우 높다. 그리고 그것은 또한 마교와의 전면전을 의미했다.

누가 누구에게 먼저 손을 뻗은 것인지는 모르겠으나, 사도진악은 이미 마교의 선발대격인 천사교와 손을 잡았고, 누가뭐래도 천사교는 마교의 일원이기 때문이다.

'마교 내부의 알력이 상당하다는 것은 알겠는데, 과연 그게어느 정도인지 도통 짐작할 수가 없으니, 정말 답답하군.'

설무백은 무심결에 한숨을 내쉬었다.

지금 당장 마교와 전면전을 벌인다는 것은 무리였다. 그가알고 있는 마교의 전력은 극히 일부분에 지나지 않았다.

따라서 그가 짐작하는 것처럼 사도진악이 흑도천상회를 장악했고, 배후에 천사교를 두고 있다면 보다 신중한 태도를 취해야 하는데, 그는 당최 그와 같은 상황이 마뜩치 않았다.

'무언가 다른 대안을 찾아야 할 것 같은데……!'

설무백이 그런 생각으로 골치가 지끈거리는 참인데, 뒤따르던 공야무륵이 슬쩍 옆으로 나서며 물었다.

"수위를 정해 주십시오. 주군의 지시에 불복하는 자는 죽여도 되는 건가요?"

설무백은 상념의 늪에서 발을 빼고 정신을 수습하며 전방을 바라보았다.

어느새 지부의 대문이 저 앞이었고, 그 앞에서 서성이며 쳐다보는 문지기 병사 두 명이 시야에 들어왔다.

"얼마든지!"

설무백은 짧게 승낙하며 재우쳐 암중의 요미에게 한마디 했다.

"너는 좀 참고."

암중의 요미가 투덜거리듯 대답했다.

"나도 알아. 답답하지만 뭐 어쩌겠어. 흑영과 백영이 자리를 비웠으니, 내가 오빠 곁을 단단히 지켜야지. 안 그래?"

요미의 말마따나 이작교에서 강제로 수탈을 당하던 아이들을 흑선궁으로 데려갔던 흑영과 백영은 아직 돌아오지 않았다.

다시금 자신들의 의지와 무관하게 새로운 환경을 맞이한 소녀들이 불안에 떠는 바람에 어쩔 수 없이 그녀만 돌아왔고, 그들은 남아서 아이들을 보살피고 있었다.

"아, 뭐 그래……!"

설무백은 무색하게 대답을 얼버무렸다.

요미에게 나서지 말고 참으라는 이유는 그것과 전혀 무관했으나, 괜한 꼬투리를 줘서 말을 길게 끊고 싶지 않았다.

대신 그는 발길을 서둘러서 지부의 문전으로 나아갔다.

문가에서 서성이며 쳐다보던 병사들이 기다렸다는 듯 앞을 막으며 사뭇 고압적인 자세로 물었다.

"여긴 지부다. 무슨 일로 지부를 방문한 거냐?"

설무백은 짧게 용건을 밝혔다.

"지부대인을 만나러 왔다."

병사가 한껏 인상을 찌푸린 채 설무백의 전신을 위아래로 훑어보며 으름장을 놓았다.

"지부대인을 어디 전방 주인으로 알고 있냐? 대체 무슨 일로 지부대인을 만나겠다는 거야? 보아 하니 야인 같은데, 괜한 짓거리 말고 어서 썩 꺼져라!"

설무백은 분노를 더하며 쓰게 웃었다.

초록은 동색이고, 윗물이 맑아야 아랫물도 맑다는 말이 떠올랐다.

일개 문지기 병사조차 이런데 지부의 수장인 지부대인은 오죽할 것인가.

그는 싸늘해져서 병사들을 노려보며 말했다.

"잘 들어. 나는 지금 지부대인을 만나러 왔고, 지금부터 앞을 막는 자는 그게 누구든 다 죽일 거다. 그래도 막을래?"

두 병사 중 하나는 무언가 이게 아닌 것 같다는 기분이 들었는지 입을 다문 채 눈치를 보았으나, 다른 하나는 눈치고 뭐고 없이 화를 내며 나섰다.

"아니, 이놈이 여기가 어디라고 감히 그따위 겁박을……!"

병사의 말이 끝나기도 전에 공야무륵이 앞으로 나서며 어느새 뽑아 든 도끼를 휘둘렀다.

칵-!

섬뜩한 소음과 함께 악을 쓰며 나서던 병사의 머리가 그대로 몸과 분리돼서 허공 높이 떠올랐다.

잘려진 목에서 뒤늦게 핏물이 뿜어지고, 그제야 바닥으로 떨어진 병사의 머리가 흉측한 모습으로 데굴데굴 굴렀다.

설무백의 시선이 그 순간에 남은 병사에게 돌려졌다.

"헉!"

병사가 헛바람을 삼키며 후다닥 옆으로 물러나서 대문을 내주었다.

설무백은 대수롭지 않게 그 병사를 외면하며 지부의 대문을 넘어서 영내로 들어섰다.

지부의 대문 안은 약간의 공터와 정원으로 구성된 있었고, 대략 대여섯 장 너머부터 크고 작은 전각이 밀집해 있었다.

설무백은 주저 없이 발걸음을 옮겨서 전각들이 밀집한 지역으로 향했다.

그때 어디선가 경종이 울렸다.

댕댕댕-!

아무래도 대문 밖의 병사가 나름의 방법으로 신호를 보낸 모양이었다.

경종 소리가 더 없이 다급하게 들렸다.

설무백은 상관하지 않고 안채를 향해서 묵묵히 영내를 가로질렀다.

공야무륵도 말없이 그의 뒤를 따랐다.

설무백도 그렇지만 그 역시 일개 지부의 병사나 무사들을 위협의 대상으로 느끼지는 않는 것이다.

그러나 그런 그들도 이내 발길을 멈추어야 했다.

전각이 밀집해 있는 지역으로 들어서는 초입이었다.

대략 이십여 명의 사내들이 나타나서 전과 전각 사이로 뚫린 소로로 들어서는 그들의 앞을 막아서고 있었다.

"웬 놈들이냐?"

사내들의 선두인 장대한 체구의 사내 하나가 가늘게 좁힌 눈가로 설무백과 공야무륵을 예리하게 살펴보며 물었다.

다른 사내들처럼 질문을 건넨 사내도 병사 복장이 아니라 무림의 무인들이 주로 입는 흑의였다.

아무리 봐도 임무를 끝내고 사복으로 갈아입은 병사로 보이지 않았다.

설무백은 싸늘하게 식은 감정 속에서도 적잖게 흥미로운 눈빛으로 상대, 장대한 체구의 사내를 바라보며 물었다.

"쾌활림?"

장대한 체구의 사내가 묘하다는 듯이 설무백을 바라보았다.

그 반응을 보고 설무백은 바로 알 수 있었다.

지금 장대한 체구의 사내는 자신들이 쾌활림의 무사라는 것을 모르고 있는 설무백을 이상하게 쳐다보고 있었다.

지부에 쾌활림의 무사가 상주하는 것은 비밀이 아니라 모르는 게 오히려 이상할 정도로 공공연한 일이었던 것이다.

설무백은 더 생각할 것도 없이 명령했다.

"죽여."

공야무륵이 거의 명령과 동시에 반응해서 지상을 박찼다.

그 순간 그의 신형은 벌써 사내들의 면전이 이루고 있었다.

내색은 삼갔으나, 그 역시 설무백처럼 몹시 살기가 동해 있었던 것 같았다.

가차 없이 이어진 그의 손 속이 그것을 대변했다.

카각-!

섬뜩한 소음이 연이어 울렸다.

공야무륵이 오랜만에 뽑아 든 두 개의 도끼가 춤사위처럼 어지럽게 공간을 휘저으며 사내들의 목을 베어 내는 소리였다.

비명도 없었다.

비명을 지를 사이도 없이 사내들의 목이 떨어져 나가는 바람에 그것을 보고 경악한 사내들의 신음만이 장내에 흘렀다.

이건 실로 일방적인 도살이었다.

공야무륵의 공격은 쾌활림의 일개 졸자들이 막거나 방어할 수 있는 것이 절대 아닌 것이다.

선두로 나섰던 장대한 체구의 사내를 시작으로 모든 사내들이 그저 놀라고 당황하고 신음을 삼키는 와중에 속절없이 죽어서 쓰러졌고, 공야무륵은 이내 그들의 주검 사이에 홀로 서서 도끼에 묻은 피를 털어 내고 있었다.

불과 서너 호흡도 되지 않는 동안에 시작되고 끝난 일이었다.

"가자."

설무백은 바닥에 널린 주검들을 무심하게 피하며 앞으로 나아갔다.

사전에 알아둔 지부의 거처가 지척이었다.

소란 통에 여기저기서 병사들이 몰려들고 있었으나, 그 정도야 이미 예상한 범위의 일이라 별로 관심이 가지 않았다.

바로 그때 지부 공관과 어울리는 사람이 하나 나타났다.

나이는 삼십대로 보이고, 부리부리한 호목과 칼처럼 날카롭게 뻗어 내려온 콧날이 인상적인 사내인데, 위아래가 하나처럼 이어진 청색의 보복(補服)에 하얀 은대(銀帶)를 느슨하게 허리에 두른 관리(官吏)였다.

머리의 오사모(烏絲帽)와 가슴과 배를 덮은 보자(補子)에 수놓아진 원앙(鴛鴦)의 문양이 칠품(七品) 이상인 벼슬의 문관(文官)이라는 사내의 신분을 말해 주고 있었다.

다만 여느 문관답지 않은 기개가 엿보였다.

설무백은 그렇다 쳐도, 피가 뚝뚝 떨어지는 도끼를 들고 그를 따르는 공야무륵을 보고도 눈 하나 깜짝하지 않은 채 앞을 막아서고 있었다.

"대체 뭐 하는 놈들인데 감히 황명을 받들어 국법을 봉행하는 지부에 와서 이리 행패를 부리는 게냐!"

설무백은 관심이 가서 물었다.

"여기가 정말 황명을 받들어 국법을 봉행하는 지부가 맞나?"

"……!"

서슬이 시퍼래져서 준엄하게 외치던 관리가 어쩐 일인지 말문이 막힌 표정으로 입을 다물었다.

그러다가 이내 멋쩍은 기색으로 쓰게 입맛을 다시며 엉뚱한 대답을 내놓았다.

"하긴, 요즘은 아니지."

그리곤 대뜸 사과했다.

"본관이, 아니, 이젠 본관도 아니지. 아무튼, 내가 실언을 했네. 사과하지. 요즘은 여기가 그런 곳은 아닌 것 같으니, 어서 볼일들 보게. 난 갈 길이 바빠서 이만……!"

설무백은 흥미가 동해서 관리의 앞을 막으며 물었다.

"퇴청하나?"

관리가 앞을 막는 설무백을 곱지 않게 변한 눈초리로 노려보면서도 대답은 해 주었다.

"퇴청이 아니라 괘관(掛冠)일세. 더는 여기서 볼일이 없다는 뜻이지."

괘관은 '갓을 벗다' 혹은 '갓을 벗어 걸다'라는 뜻으로, 관직에서 물러나는 것을 비유하는 말이었다.

"이유가 뭔데?"

설무백이 재우쳐 묻자, 관리가 이상하다는 듯이 쳐다보며 말했다.

"아무리 봐도 칼부림하러 들어온 무림인 같은데, 그건 알아서 뭐 하려고 그러나? 남의 일일랑은 그만 신경 끄고, 어서 그냥 볼일 보시게나."

설무백은 그냥 옆으로 지나쳐 가려는 관리의 앞을 다시 막아서며 말했다.

"지금 진지하게 볼일 보고 있는 거야. 그냥 살려 보내도 되는 놈인가 알아보는 거지."

관리가 새삼 안색이 변해서 설무백을 노려보다가 대답했다.

"관리가 괘관을 택하는데 무슨 특별한 일이 있을 것인가. 그냥 내키지 않고 싫으면 그만두는 거지. 나도 그러네. 갑자기 초야에 묻혀 살고 싶어서 그만두는 거야."

"직급은?"

"동지(同知)로 잠시 머물렀네."

설무백은 내심 놀랐다.

의외의 직급이었다.

동지라면 부(府)의 이인자인 정오품의 관직인 것이다.

"이름은?"

관리가 실로 불편하게 두 눈을 부릅뜨는 것으로 이번이 마지막이라는 태도를 취하며 대답했다.

"위천강(位天康)이다! 자리 위에 하늘 천, 편안할 강자를 쓰는 위천강! 이제 다 됐지? 더 물어볼 거 없지?"

설무백은 잠시 두 눈을 멀뚱거렸다.

발끈하는 관리, 위천강의 태도에 놀라서가 아니었다.

왠지 모르게 위천강이라는 이름이 낯설지 않았기 때문이다.

그러다가 그는 이내 기억나서 두 눈을 크게 떴다.

'얘가 왜 여기서 나와?'

위천강은 관부에 대해 무지했던 전생의 그도 알고 있던 유명한 관리였다.

지난날 사례감의 태감인 정정보에게 실각한 내각수보인 엄정의 제자로 알려졌으며, 이후 혜성처럼 등장해서 내각을 바로잡고 환관 무리에게 대항하는 청백리(清白吏)의 이름이 바로 위천강이었다.

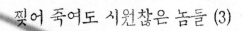

찢어 죽여도 시원찮은 놈들 (3)

'위천강이 관복을 벗은 적이 있었다는 얘기는 들은 적이 없는데……?'

설무백은 일순 고민에 빠졌다.

지금 자신이 전생과 다른, 아니, 달라지려는 역사의 변곡점과 마주쳤음을 직감했기 때문이다.

설무백이 기억하는 전생의 정국에서 위천강은 매우 중요한 인물이었다.

혜성처럼 나타나서 흔들리는 내각의 구심점이 되고, 황궁의 실세인 환관 세력과 끊임없이 대립하며 불안한 정국의 중심을 바로잡는 인물이 바로 위천강이었다.

'당시 호부상서(戸部尙書)였나, 병부상서(兵部尙書)였나 그랬지 아마?

거기까진 미처 생각나지 않았다.

다만 과연 그런 인물이 정국을 떠나면 황궁과 황실에는 어떤 변화가 생길까가 두려웠다.

가늠하기 어려웠다.

생각하기도 싫었다.

무조건 막아야 했다.

설무백은 이내 마음을 다잡으며 자신의 침묵을 삐딱하게 바라보고 있는 위천강을 향해 말했다.

"아직…… 몇 가지 더…….”

그리고 재우쳐 물었다.

"왜 괘관을 하려는 거지?"

위천강이 오만상을 찡그렸다.

"지금 내가 오늘 처음 만난 당신에게, 그것도 아무리 봐도 발정난 도부수 같은 당신에게 그런 것까지 보고해야 하나?"

"응."

설무백은 짧게 대답하자, 위천강도 짧게 응수했다.

"왜?"

설무백은 무심하게 대꾸했다.

"죽기 싫으면."

"그래?"

위천강이 히죽 웃었다.

그리고 바닥에 털썩 주저앉으며 목을 길게 내밀었다.

"그럼 그냥 죽여. 마침 잘됐네. 안 그래도 살길이 막막하고, 그리 오래 살지도 못할 텐데, 이참에 그냥 가지 뭐."

설무백은 한 대 맞은 것처럼 굳어졌다.

위천강의 반응을 보자 자신의 실수를 깨닫고 아차 싶었다.

신념을 가진 사람이 얼마나 자신의 목숨을 하찮게 여기는지 그는 익히 잘 알고 있었다.

그런 사람은 천하의 그 어떤 것보다도 자신의 신념을 우선하기 때문이다.

예로부터 대쪽 같다느니, 부러질지언정 꺾이지 않는다느니 하는 것이 청백리의 대명사가 되어 버린 것도 바로 그래서가 아니겠는가.

그런데 방금 전 그는 본의 아니게 강호 무림의 하류배를 다루는 식으로 위천강을 대해 버렸다.

실로 무심결에 나온 실수였다.

설무백은 실로 머쓱한 얼굴을 드러내며 사과했다.

"미안, 실수다. 그간 하도 밑바닥 애들만 상대하다보니 무심결에 말이 헛나갔다."

위천강이 고개를 쳐들고 설무백을 바라보았다.

"잘못을 쉽게 인정하는 걸 보면 아주 막돼먹은 종자는 아닌 것 같군. 그래서 내가 괘관하려는 이유를 알려는 진짜 이유는 뭔데?"

설무백은 잠시 생각하고 적당한 답을 골라서 말했다.

"어쩌면 안 그래도 되지 않을까 해서."

위천강이 잠시 묘하다는 눈빛으로 설무백을 바라보다가 대답했다.

"내가 관직을 버리려는 이유는 관에서 내가 할 수 있는 일이 없기 때문이야. 차라리 밖에서 몽둥이라도 들고 나서는 것이 관직에 있는 것보다 더 많은 일을 할 수 있을 것 같아서. 죽어도 그러다가 죽는 게 속편할 것 같아서 말이야."

설무백은 예리하게 위천강의 속내를 읽으며 냉소를 날렸다.

"지금 편하게 살려고 자기 자신까지 속이는 거냐?"

"……!"

위천강이 한 방 맞은 표정으로 변했다가 이내 싸늘해져서 설무백을 노려보았다.

"네가 뭘 안다고 그따위 말을 하는 거지?"

설무백은 대수롭지 않게 대꾸했다.

"나는 몰라도 너 자신은 알잖아. 밖에 나가서 몽둥이를 드는 것보다 여기서 버티며 싸우는 게 보다 더 백성을 위하는 길이라는 거 말이야. 어울리지 않게 같잖은 위선 떨지 마."

위천강이 벌컥 화를 냈다.

"뭐가 나와 어울리는 건데! 아무리 대가리를 굴리며 악을 써도 여기선 내가 할 수 있는 게 없는데 나보고 어쩌라고!"

설무백은 냉정하게 충고했다.

"더 대가리를 굴리고, 더 악을 써."

위천강이 입을 다문 채 설무백을 바라보았다.

무언가 매우 괴로운 갈등의 눈빛이었다.

설무백은 무심하게 그런 위천강의 곁을 지나며 말했다.

"따라와. 일단 여기는 청소해 줄 테니까."

위천강이 반신반의하는 표정으로 그의 뒤를 따라붙으며 물었다.

"청소라니?"

"두고 보면 자연히 알 것을 귀찮게 왜 물어?"

설무백은 대수롭지 않게 위천강의 질문을 자르며 소로의 저편에 자리한 전각을 향해서 발길은 재촉했다.

앞서 위천강이 나온 그 전각이 바로 지부의 집무실이 있는 전각이었다.

주변에는 어느새 적잖은 병사들이 집결해 있었으나, 아무도 설무백의 앞을 막지 않았다.

그들 중 일부는 앞서 쾌활림의 무사들이 눈 깜짝할 사이에 죽는 모습을 보았고, 그들의 입을 통해서 뒤늦게 달려온 자들도 그 사실을 알게 된 까닭에 다들 감히 나설 엄두를 내지 못하는 것이다.

설무백은 그 바람에 마치 병사들의 호위를 받는 것 같은 모습으로 지부의 집무실이 있는 전각으로 갔다.

전각의 문을 지키는 병사들도 순순히 길을 내주었다.

그들의 경우는 위천강 때문이었다.

위천강이 경계를 하면서도 눈치를 보며 앞을 막아서는 그들을 향해 손을 내젓자, 순순히 물러나 주었다.

설무백은 그렇듯 비교적 적은 칼부림만으로 지부의 집무실이 자리한 전각으로 들어갈 수 있었고, 이내 장사부의 지부인 왕백곡(王白穀)을 마주하게 되었다.

마치 탐관오리(貪官汚吏)의 전형인 것처럼 배불뚝이 뚱뚱보인 왕백곡은 혼자 있지 않았다.

두 명의 관리와 세 명의 포두가 그의 곁에 있었다.

두 명의 관리는 위천강과 마찬가지로 정칠품 이상의 직위를 드러낸 관복을 걸쳤고, 세 명의 포두 중 하나는 상의가 일반적인 포두의 그것과 달리 깃이 아래로 길게 늘어진데다가, 허리에 매달린 포승줄도 기존의 것과 다른 황색이라 보통의 포두가 아님을 드러낸 중년의 사내였다.

설무백이 위천강과 함께 안으로 들어서자, 그들 모두가 화들짝 놀라고 당황하며 경계하는 눈빛으로 바라보았다.

다들 밖에서 벌어진 살육에 대해 이미 보고를 받았음을 드러내는 반응이었다.

"한심하군."

설무백은 절로 탄식했다.

이유 여하를 막론하고 지부공관에서 수십 명의 살상이 일어났음에도 불구하고 명색이 우두머리들이라는 것들이 발 빠른 조치는커녕 둘레둘레 모여서 탁상공론이나 벌이고 있었던 것이다.

"무엄하다!"

관리 하나가 자못 준엄한 목소리로 호통을 치며 나섰다.

"어디서 온 누구기에 감히 허락도 없이 지부로 뛰어들어서 이런 행패를 부리는지 어서 썩 밝혀라!"

설무백은 실로 어설픈 호통에 절로 실소가 나왔다.

그는 대답 대신 슬쩍 위천강을 일별하며 물었다.

"얘는 누구냐?"

위천강이 어째 자기가 다 창피하다는 듯 얼굴을 붉히며 대답해 주었다.

"추관(推官) 이천도(李泉到)네."

설무백은 새삼스러운 눈빛으로 방금 호통을 친 추관 이천도를 바라보았다.

새삼 한심하다는 생각이 들고 있었다.

그럴 수밖에 없었다.

추관(推官 : 정7품의 판관)이라면 부급 도시의 최고 행정책임자인 지부대인 아래서 동지와 통판(通判 : 정6품의 실무 담당자) 다음 가는 지위로, 부현에 속한 모든 순검(巡檢)과 포두(捕頭), 포쾌(捕快), 순쾌(巡快), 마쾌(馬快), 정용(丁勇 : 수문 병사의 직함) 등을 휘하에 거느리고 치안 및 형벌을 담당하는 서슬 퍼런 자리의 관리였다.

따라서 추관은 문관보다는 무관인 경우가 보통이고, 장사부의 추관이라는 이천도도 그렇게 보였는데, 아무리 봐도 그 무위가 너무 가소로운 수준이라 실로 한심하기 짝이 없는 것이다.

"이천도 너!"

설무백은 손가락으로 이천도를 콕 찍어서 가리키며 물었다.

"쾌활림이 그동안 이작교에 무슨 만행을 자행하고 있었는지 알아, 몰라?"

이천도가 흠칫하더니, 답변 대신 곁에 있던 포두를 향해 소리쳤다.

"장순검(張巡檢)! 어서 당장 저놈을 잡아서 족치지 않고 뭐 하는 게야!"

부현의 형방사법(刑房司法)을 맡은 관리인 추관의 예하에는 통상적으로 두세 명의 순검이 있는데, 이들을 속칭 대포두라고 부른다.

지금 이천도가 악을 쓰며 부른 것이 바로 그 속칭 대포두라 불리는 무관인 순검인 것인데, 장내에 있는 포들 중에서 보통의 포두와 조금 다른 복색인 황색 포승줄의 포두가 바로 그였다.

그러나 그 사람, 장 씨 성을 가진 순검인 대포두는 직속상관인 추관 이천도의 명령을 듣고도 전혀 움직이지 않았다.

아니, 그만이 아니라 그의 곁에 있던 다른 두 명의 포두들역시 꼼짝도 하지 않고 있었다.

그들로서는 어쩔 수 없는 일이었다.

이천도의 명령이 떨어지기 무섭게 귀신처럼 뒤에서 나타난 흑영과 백영이 그들의 마혈을 점해 버렸기 때문이다.

"헉!"

뒤늦게 그들의 뒤에 서 있는 흑영과 백영을 발견한 이천도가 실로 기겁하며 뒤로 물러났다.

설무백은 그에 아랑곳없이 냉정하게 다그쳤다.

"알았어, 몰랐어?"

"나, 나는……!"

이천도가 두려운 표정으로 말을 더듬으며 왕백곡의 눈치를 보았다.

도움을 기대하는 눈빛이었다.

그러나 왕백곡은 그를 도와줄 수 있는 상황이 아니었다.

왕백곡도 그와 마찬가지로 두려움이 가득한 얼굴로 눈치를 보고 있었다.

다른 것이 있다면 그가 왕백곡의 눈치를 보았다면 왕백곡은 설무백의 눈치를 보고 있다는 사실이었다.

설무백의 눈빛이 차갑게 식었다.

이천도의 반응은 그 어떤 말보다도 분명한 대답이었다.

설무백은 대답을 기다리지 않고 실로 한심하다는 듯이 탄식했다.

"정말 살아 있을 가치가 없는 놈이구나!"

공야무륵이 기다렸다는 듯 전광석화처럼 앞으로 나서며 수중의 도끼를 휘둘러서 이천도의 목을 쳤다.

칵—!

섬뜩한 소음과 함께 이천도의 머리가 허공으로 떠올랐다가 바닥으로 떨어져 굴렀다.

그사이 허무하게 두 손을 허우적거리던 몸뚱이가 쓰러지며 피분수를 뿌렸다.

예전 같았으면 무림인이 관원을 죽이는 것은 실로 큰 사건이었다.

그러나 지금은 아니었다.

적어도 설무백의 생각은 그랬다.

작금의 현실은 관과 무림의 경계가 이미 허물어져 있다는 것이 그의 생각이었다.

설무백은 아무렇지도 않게 냉정한 시선으로 이천도의 죽음을 보고 화들짝 놀라며 물러난 또 하나의 관리에게 시선을 던지며 물었다.

"쟤는 누구야?"

위천강이 뒤늦게 그의 질문이 자신에게 던져진 것임을 인지하며 서둘러 손사래를 쳤다.

"통판 부서인(釜瑞仁)인데, 그는 아닐세! 그는 나와는 달리 백성들에게 도움을 주기 위해 어떻게 해서든 버티기로 작정한 사람이야!"

"그래?"

설무백은 위천강의 말을 그대로 수용하며 왕백곡에게 시선을 돌렸다.

"헉!"

이천도의 목이 떨어지는 순간에 부서인과 함께 기겁하며 물러났던 왕백곡이 그의 시선에 놀라서 그대로 털썩 주저앉아서 변명을 늘어놓았다.

"내 탓이 아니야! 내가 할 수 있는 것은 아무 것도 없었어! 내가 부임하기 전부터 이곳은 저들의 판이었고, 나 역시 저들의 행사에 적극적으로 지원하라는 상관의 지시를 받았다고! 도지휘사마저 저들과 한통속인 마당에 일개 지부인 내가 대체 무엇을 할 수 있었을까! 아무것도 없어! 내가 할 수 있는 게 없었어! 나는 그저 시류에 따라……!"

꽝-!

벽력과도 같은 폭음이 터져서 구구절절하게 이어지던 왕백곡의 변명을 잘랐다.

지진을 만난 것처럼 바닥이 진동하고, 벽과 천장을 포함한 건물 전체가 무너질 듯 크게 흔들렸다.

설무백이 내력을 담아서 한차례 발을 구른 결과였다.

말문이 막혀 버린 왕백곡이 두려운 표정으로 설무백을 바라보았다.

설무백은 냉정하게 왕백곡의 시선을 마주하며 매몰찬 목소리로 말했다.

"그래서 지금 네가 죽는 거다! 다른 누구보다도 백성을 보살펴야 할 자리에 앉은 네가 시류에 편승해서 백성들을 버렸기 때문에!"

공야무륵이 뚜벅뚜벅 왕백곡의 곁으로 다가가서 수중의 도끼를 휘둘렀다.

뎅겅-!

삼엄하게 다가오는 공야무륵을 외면한 채 공허해진 눈빛으로 설무백만을 바라보고 있던 왕백곡의 머리가 여지없이 잘려서 허공으로 떠올랐다.

머리를 잃은 몸뚱이가 피분수를 뿌리며 쓰러지고, 허공으로 떠올랐던 머리가 그 위로 떨어져서 한 장의 지옥도를 완성했다.

설무백은 아무렇지도 않게 손을 털고 돌아서서 그 지옥도를 벗어나며 위천강을 향해 말했다.

"이작교의 문제를 알고도 방조한 관원이 적지 않을 거야. 그걸 추려 내는 건 당신 몫으로 남겨 두겠어. 당분간 여기 지부의 자리는 공석으로 두고 잘해 봐."

"아니, 저기……!"

위천강이 다급하게 나서서 설무백의 소매를 잡았다.

그러나 그는 설무백이 돌아섰음에도 불구하고 말문이 막힌 표정으로 굳어져서 꼼짝도 하지 못했다.

설무백이 돌아서며 들어 보인 한 손에 두 개의 용봉패가 들려 있었기 때문이다.

"누가 뭐라고 하거든 이걸 가진 사람의 명령이라고 해. 그래도 문제 삼으면 내게 연락하고."

⚜

설무백은 애써 내색을 삼갔으나, 왕백곡이 죽기 전에 뱉어냈던 변명을 들었을 때 느끼는 바가 적지 않았다.

특히 당시 떠올린 윗물이 맑아야 아랫물도 맑다는 격언은 정작 왕백곡보다 그에게 더 진한 깨달음을 주었다.

문제의 근원을 해결하지 않으면 그가 제아무리 수천수만의 적을 해치워도 결과적으로 세상은 아무것도 변하지 않는다는 사실이 바로 그것이었다.

강의 상류가 썩었는데, 하류의 물만 정제하면 무슨 소용이 있을 것인가.

그러나 설무백은 새삼 그것을 절실하게 깨닫고 인지하면서도 결코 서두를 생각은 들지 않았다.

적이 얼마나 강한지 익히 잘 알고 있기 때문이다.

절대 서두를 일이 아니었다.

한 번의 실수가 나락이었다.

실로 돌다리도 두드려 보고 건너야 한다.

전생의 그가 암천의 그림자라고 생각하던 마교의 저력은 그처럼 무지막지하게 엄청난 저력을 가지고 있는 것이다.

전생의 그보다 몇 배나 더 강해진 이생의 그조차 이미 마교의 하수인에 불과한 쾌활림의 함정에 빠져서 죽을 고비를 넘긴 적이 있으니, 그에 대해서는 두말할 나위가 없었다.

　그러나 이번의 경우는 예외였다.

　쾌활림의 총단을 그냥 두고 넘어갈 수는 없었다.

　이작교의 사태가 결정이었다.

　물론 애초에 부약운의 일로 인해 이번 행보에는 쾌활림의 총단이 포함되어 있었으나, 그때와 지금은 상황이 전혀 달랐다.

　그때는 사태를 파악하고 그에 합당한 경고를 하기 위함이었다면 지금은 선고를 내리려는 것이었다.

　쾌활림이 이작교에서 벌인 일은 실로 증오스럽고 도저히 용납될 수 없는 천인공노할 만행이었다.

　불과 어제만 해도 암왕 사도진악과 그를 추종하는 정예들의 대부분이 자리를 비우고 없다는 사실을 못내 다행이라고 생각했으나, 지금은 그들의 부재를 더 없이 아쉬워할 정도로 설무백의 분노는 강렬했다.

　그래서였다.

　지부공관을 벗어나기 무섭게 발걸음을 서둘러서 곧장 쾌활림의 총단에 도착한 설무백은 대문을 지키던 문지기의 같잖게 거만한 눈빛 하나도 쉽게 용인하기 어려웠다.

　그때 거만한 눈빛으로 쳐다보던 두 명의 문지기 중 하나가 역시나 거만한 태도로 윽박질렀다.

"낯선 얼굴인 걸 보니 멀리서 온 사람들 같은데, 어디서 무슨 일로 왔는지는 모르겠지만, 쓸데없는 헛수고 말고 어서 그냥 돌아가시오! 우리 쾌활림은 당분간 객을 받지 않소!"

이제 보니 문지기들의 거북한 눈빛과 태도에는 나름 이유가 있었던 것이다.

그러나 그것이 설무백의 기분을 풀어 줄 수는 없었다.

그는 다가선 문지기 사내를 냉정하게 바라보며 말했다.

"나는 객이 아니라 판관이고, 쾌활림이 그동안 자행한 천인공노할 악행을 처벌하러 왔다!"

문지기들이 황당한 듯 실소하며 시선을 교환했다.

"얘가 뭐라는 거야?"

"낸들 알아. 미친놈 같은데?"

설무백은 그에 아랑곳없이 주변을 둘러보고 하늘을 쳐다봤다.

해가 뉘엿뉘엿 지고, 하늘이 짙은 보라색의 어스름으로 물들어가는 초저녁이었다.

"살인하기 좋은 날씨인 건가?"

설무백은 나직이 혼잣말을 뇌까리고 대번에 흉흉한 모습으로 변하고 있는 두 명의 문지기를 쳐다보며 말했다.

"지금부터 살인을 허락한다! 대신 도망치는 놈은 그냥 놔주고 덤비는 놈만 죽인다! 다만 한 가지, 역천강시를 만나면 무조건 나를 호출해라! 시작!"

눈은 문지기 사내들을 쳐다보고 있지만 그들에게 하는 말이 아니었다.

그들의 눈에 보이는 공야무륵과 그들의 눈에 보이지 않는 요미, 흑영, 백영에게 하는 말이었다.

그러나 문지기 사내들이 무언가 심상치 않다는 느낌을 받은 듯 반사적으로 칼을 뽑아 들었다.

그게 그들의 죽음을 앞당겼다.

쐐액—!

순간적으로 일어난 칼바람이 문지기 사내들을 덮쳤다.

그들로서는 막을 수도, 피할 수도 없는 칼바람이었다.

"……!"

문지기 두 사내의 머리가 무언가 행동을 취하려는 어정쩡한 자세로 굳어졌고, 이내 그들의 목이 가늘게 갈라지며 피 화살을 뿜어냈다.

흑영과 백영의 솜씨였다.

설무백은 속절없이 앞으로 고꾸라지는 그들의 주검을 바람처럼 스쳐 지나서 쾌활림의 영내로 들어섰다.

공야무륵이 그런 그의 앞으로 나섰다.

뎅뎅뎅뎅—!

어디선가 요란한 경종이 울렸다.

쾌활림의 총단은 흑선궁의 총단과 마찬가지로 뒤쪽에 작은 동산을 후원으로 거느린 거대한 장원이었는데, 어딘가 대문의 상황을 지켜볼 수 있는 파수대가 세워져 있었던 것이다.

대처도 빨랐다.

대번에 장원 곳곳에서 경호성이 터지고, 이곳저곳 횃불이 밝혀졌다.

사전에 연습이라도 해 둔 것처럼 기민하게 적의 기습에 대응하는 모습이었다.

설무백은 무심하게 그와 같은 영내의 동정을 살펴보다가 문득 말했다.

"요미, 영내 좀 돌아봐라."

암중의 요미가 눈치 빠르게 그의 의도를 파악했다.

"애들을 찾아보라는 거지?"

"그래. 이작교의 사태에 비추어 볼 때, 분명 여기에 애들이 잡혀 있을 거다."

"알았어."

대답과 동시에 요미의 기척이 그의 곁에서 사라졌다.

공야무륵이 슬쩍 고개를 쳐들었다가 이내 쓰게 입맛을 다셨다.

한순간 요미의 기척을 놓쳐 버린 모습이었다.

요미의 은신술은 실로 놀랍게 비약해서 이젠 공야무륵조차 쉽게 파악하기 어려운 것이다.

설무백은 그런 공야무륵의 반응에 보고 피식 웃다가 이내 아우성치는 주변의 동정을 살피며 물었다.

"여기 몇이나 있다고 했지?"

쌍도끼를 뽑아 든 채 정확하게 그보다 두 발 앞서 걸어가고 있던 공야무륵이 대답했다.

"이백 명가량이라고 했습니다. 그중에 강호 무림의 일급에 준하는 고수가 삼십여 명이고, 초특급에 준하는 고수는 각기 천왕(天王), 지왕(地王), 운사(雲師), 우사(雨師)라 불린다는 네 구의 역천강시가 전부이고, 특급에 준하는 고수는 위경을 포함해서 셋이었는데, 위경이 죽었으니 이제는 둘로, 각기 총관과 내당의 당주급인 철혈수(鐵血手) 추인(芻人)과 삼절마도(三節魔刀) 공손보(公孫寶)이며, 거기에 열두 구의 금강시를 포함하면 열넷이 됩니다."

설무백은 새삼스러운 눈빛으로 공야무륵을 바라보았다.

역시나 미욱해 보이는 공야무륵의 외모는 가면이었고, 종종 그렇게 보이는 행동은 가식이 분명했다.

그게 아니라면 상악에게 겨우 한번 들은 얘기를 이처럼 정확하게 기억할 수는 없을 터였다.

"왜요?"

공야무륵이 그의 시선을 의식한 듯 돌아보며 물었다.

설무백은 손을 들어서 전면을 가리켰다.

"이쪽이 아니라 저쪽을 신경 써야지."

공야무륵이 반사적으로 고개를 돌리며 수중의 도끼를 휘둘렀다.

퍽-!

섬뜩한 타격음이 터졌다.

전면의 전각과 전각 사이의 소로를 통해 뛰쳐나와서 공야무룩을 노리던 두 사내의 머리가 박살 나는 소리였다.

붉은 피와 허연 뇌수가 사방으로 튀었다.

기습한 두 사내의 뒤를 따르던 십여 명의 사내가 화들짝 놀라며 멈추었다.

공야무룩은 그 순간에 도약해서 그들을 덮쳤다.

그의 두 손에 들린 양인부와 낭아부가 마치 춤사위처럼 어지러운 선을 그리며 움직였다.

양인부와 낭아부가 무섭도록 빠르게 이동하며 서로 교차할 때마다 여지없이 사내들의 목이 베어지거나 가슴을 갈라지고 사지 중 하나가 속절없이 떨어져 나갔다.

"으악!"

"크아악!"

뒤늦게 터진 단말마의 비명이 꼬리를 물고 이어지는 가운데, 사방이 피바다로 변해 갔다.

공야무룩은 그런 주변의 변화와 상관없이 자신만의 공간에서 움직이며 살육을 자행했다.

두 번의 도끼질은 필요하지 않았다.

공야무룩은 이런 방면의 전문가였기 때문에 도끼의 서슬이 부딪는 감촉만으로도 능히 상대의 생사를 파악할 수 있었고, 그의 행한 대부분의 도끼질은 상대를 즉사시키거나 적어도 회복할 수 없는 치명적인 상처를 남겼기 때문에 두 번의 도끼질은 필요 없었다.

실로 늑대의 습격을 받은 양 떼처럼 사내들은 사방으로 흩어졌고, 흩어지지 않은 사내들은 피 화살을 뿜으며 쓰러졌다.

전각과 전각 사이의 소로를 통해서 나타난 십여 명의 사내가 순식간에 다시는 돌아올 수 없는 황천의 강을 건너갔다.

그러나 적은 그들만이 아니라 그 뒤에도 더 있었다.

쐐액! 쐐애액-!

공야무륵은 다가서는 새로운 적들을 확인하며 무서운 속도로 헤쳐 나갔다.

졸지에 새로운 십여 명의 적들이 피분수를 뿜으며 쓰러지거나 나가 떨어졌다.

그러는 와중에도 그는 틈틈이 뒤를 따라오는 설무백의 존재를 확인하는 여유를 보이고 있었다.

설무백을 걱정해서가 아니었다.

설무백을 귀찮게 하고 싶지 않았다.

그는 그게 설무백을 주군으로 모시는 자신의 본분이라고 생각했다.

모름지기 사내는 자신을 알아주는 사람을 위해서라면 능히 목숨을 바칠 수 있다.

설무백은 그를 알아본 사람인 것이다.

'그런 거룩한 생각이 아니더라도 소 잡는 칼로 닭을 잡게 할 수는 없는 노릇이지!'

공야무륵이 내심 그런저런 생각을 하면서도 쉬지 않고 황천으로 보내는 길에 다시 한 명을 추가하기 위해서 도끼를 휘두를 때였다.

휘이익—!

귓전으로 날카로운 바람 소리가 들려왔다.

공야무륵은 본능적으로 그것이 새롭게 나타난 적의 공격임을, 그것도 여태까지 상대하던 적과는 차원이 다른 고수의 기습임을 직감했다.

그는 타고난 본능과 오랜 수련의 결과로 자연히 몸에 배인 반사동작으로 상체를 비틀어 상대의 공격을 피하며 물러났다.

상대의 칼날이 아슬아슬하게 그의 목을 비켜서 허공을 갈랐다.

공야무륵은 그 순간에 자세를 바로하며 헛손질로 당황하고 있는 상대의 모습을 확인했다.

상대는 대나무처럼 호리호리한 체구에 가는 눈매가 짝짝이인 매부리코의 노인이었다.

공야무륵은 대번에 상대를 알아보았다.

사전에 입수한 정보에 따르면 쾌활림의 총단에 이런 외모의 노인은 하나뿐이었다.

그는 히죽 웃으며 물었다.

"삼절마도 공손보?"

상대, 육십 대의 노인이 가늘게 좁힌 눈으로 노려보며 자못 준엄하게 호통을 내질렀다.

"어디서 무엇을 바라고 침범한 개뼈다귀인지는 몰라도, 참으로 겁이 없구나! 노부를 알면 노부의 칼이 얼마나 매운지도 익히 잘 알 터, 곱게 죽고 싶으면 어서 썩 정체부터 밝혀라!"

과연 상대 노인은 쾌활림의 외당 소속의 당주 중 하나인 삼절마도 공손보인 것이다.

공아무륵은 피식 웃었다. 비웃음이었다.

"병신 육갑하네!"

말과 함께 흐릿해진 그의 신형이 거의 동시에 공손보의 면전에 나타나고 있었다.

실로 전광석화보다도 빠르게 떨어져 있던 공간을 가로질러서 공손보의 면전으로 육박해 들어간 것이다.

다라제칠경 무량속보였다.

"헉!"

공손보가 기겁했다.

그가 할 수 있는 것은 다였다.

그 순간에 앞서 공손보의 공격을 피하느라 한 풀 꺾인 살기를 되살린 공아무륵의 도끼가 배는 더 강해진 포악함으로 그의 머리 중앙 정수리를 후려쳤기 때문이다.

빡-!

잔인한 파열음이 장내를 가로질렀다.

공손보의 머리가 그렇듯 산산이 박살 나서 붉은 피와 허연 뇌수를 사방으로 뿌렸다.

일시지간, 장내에 정적이 내려앉았다.

공손보의 죽음이 가져다준 정적이었다.

공손보가 이끌고 나타난 적들은 너무나도 허무한, 그러면서도 처참한 그의 죽음을 도저히 현실로 받아들이기가 어려웠던 것이다.

어디선가 들려온 요미의 다급한 전음이 설무백의 귓속에서 울린 것이 바로 그때였다.

-오빠, 빨리! 여기!

설무백은 의외로 예민하고 더 없이 섬세한 사람인지라 요미의 목소리에 실리 다급한 성화를 대번에 간파했다.

그래서 반사적으로 신형을 날렸고, 또한 그래서 제때에 도착할 수 있었다.

동산의 비탈길을 아우른 후원이었다.

무심함을 넘어서는 무감동한 눈빛, 감정이라곤 눈곱만큼도 찾아볼 수 없을 정도로 차갑게 식은 잿빛 눈동자를 가진 네 명의 흑의사내가 요미를 에워싸고 있었다.

역천강시들이었다.

동산을 배경으로 자리한 쾌활림의 장원은 단지 외향만 흑선궁과 같은 것이 아니라 내부의 구조도 거의 비슷했다.

전각들의 배치만 조금 다를 뿐, 전형적인 중원의 장원을 크게 확대한 형식으로 전체적인 구성이 같았던 것인데, 동산의 기슭을 아우른 후원은 그야말로 빼다 박았다.

쾌활림도 흑선궁처럼 산기슭을 따라 군데군데 일종의 정자처럼 주변의 경치를 구경할 수 있도록 세워진 몇 채의 누각을 제외하면 이렇다 할 건물이 눈에 띄지 않는 그곳에 지하 공간이 조성해 놓았던 것이다.

약속이라도 한 것처럼 입구도 흑선궁의 그것처럼 후원처럼 수풀이 시작되는 그곳의 초입에 자리한 한 채의 전각이었고 말이다.

네 구의 역천강시는 바로 그곳에 있었다.

지하 공간으로 들어가는 입구인 전각의 문을 지키는 것으로 보였다.

역천강시들이 전각의 문 주변을 떠나지 않고 있었던 것이다.

설무백은 거기 도착해서 그 모습을 확인하고 나서야 역천강시 말고도 한 사람이 더 있다는 사실을 알았다.

지하 공간으로 들어가는 입구인 전각은 흑선궁의 것과 마찬가지로 산비탈에 박혀 있는 것처럼 앞면만 있고 뒷면이 없는 이 층의 구조였는데, 앞쪽의 이 층의 창가에 한 사람이 서 있었다.

설무백은 첫눈에 그의 정체를 알아보았다.

작은 체구에 동그란 얼굴, 가늘게 찢어진 눈가의 붉은 점이 그의 정체를 말해 주었다.

바로 쾌활림의 총관인 철혈수 추인이었다.

"대체 저 안에 뭐가 있기에 저놈은 역천강시까지 데리고 여기서 왜 저러고 있는 거야?"

설무백은 후원에 도착해서 상황을 파악하기 무섭게 그게 가장 궁금했다.

그러나 요미도 내막은 전혀 몰랐다.

그녀는 역천강시를 발견하자마자 설무백을 불렀던 것인데, 그래도 짐작은 할 수 있었다.

"수하들이 다 죽어 나가고, 영내가 불타서 다 사라져도 여기만 지키면 된다는 거겠죠. 보세요."

그녀는 대뜸 대여섯 장 앞으로 나서서 전각의 문을 지키고 있는 역천강시들에게 다가갔다가 재빨리 본래의 자리로 돌아왔다.

역천강시들이 본능처럼 반응해서 그녀를 맞이하다가 그녀가 돌아가자 다시금 본래의 자리로 돌아갔다.

요미가 그런 역천강시들을 가리키며 빙그레 웃었다.

"이 정도예요. 문에서 절대 안 떨어져요."

설무백은 묵묵히 고개를 끄덕이며 슬쩍 고개를 들어서 전각의 이 층 창가에 서서 자신을 바라보고 있는 점박이 노인, 쾌활림의 총관 철혈수 추인을 응시하며 혼잣말로 중얼거렸다.

"너무 세심하고 약삭빨라서 탈이었지 저렇게 단순한 자가 아니었는데, 대체 저기 뭐가 있기에 저러는 거지?"

전생의 기억을 떠올린 의문이었다.

그가 기억하는 전생의 총관 추인은 분명히 그런 사람이었다.

요미가 나직한 읊조림에 불과한 그의 말을 예민하게 듣고는 두 눈을 멀뚱거리며 바라보았다.

"저자를 어떻게 그리 잘 알죠?"

설무백은 대수롭지 않게 대꾸했다.

"아직도 이런 걸로 내를 이상하게 보나?"

요미가 바로 이해하며 어깨를 으쓱했다.

"아, 미래를 보는 혜안."

설무백은 픽, 웃고는 앞으로 나서며 말했다.

"내가 쟤들을 처리할 테니까, 너는 저기 저 추인이나 잡아봐. 물어볼 게 있으니까, 죽이지 말고."

"넵!"

요미가 장난스럽게나마 여부가 있겠냐는 표정으로 즉시 대답하며 그 자리에서 연기처럼 홀연히 사라졌다.

그녀의 태도에는 네 구의 역천강시를 상대하려는 설무백을 걱정하는 기색이 눈곱만큼도 보이지 않았다.

그녀는 그야말로 전적으로 설무백을 믿는 것이다.

설무백은 그 순간에 역천강시들과 마주치고 있었다.

그가 거리를 좁히자, 역천강시들이 바로 나섰고, 그는 대번에 쌍장을 내밀어서 두 구의 역천강시를 후려쳤다.

꽝—!

폭음이 터지며 두 구의 역천강시가 저만치 나가떨어졌다.

설무백은 곧바로 한 번 더 장력을 날려서 한 구의 역천강시도 저만치 날려 버리고, 그대로 손을 내밀어서 마지막 남은 역천강시의 목을 두 손으로 움켜잡았다.

강하고 단단할 뿐, 그다지 빠르지는 않은 역천강시의 본질을 상기하며, 더 나아가서 자신의 공력과 기공술을 믿고 가하는 공격이었다.

지금 그의 모습은 피부는 거무튀튀하게 변했고, 전신은 아지랑이처럼 아른거리는 반투명한 기운에 휩싸여 있었다.

무극신화강이 보호하는 철마신의 모습이었다.

"크르르……!"

설무백의 두 손에 목을 잡힌 역천강시가 야수의 울부짖음 같은 소리를 내며 마구잡이로 두 주먹을 휘둘렀다.

설무백은 가볍게 역천강시의 주먹을 피하며 뛰어올라서 어깨에 올라탔다.

역천강시가 두 손을 쳐들어서 그의 옆구리를 움켜잡았다.

엄청난 완력이 그의 옆구리를 뜯어내려 했다.

설무백은 상관하지 않고 두 손으로 움켜잡은 역천강시의 머리를 잡아 뽑았다.

으드득—!

뼈가 어그러지는 듯한 소리가 났다.

역천강시의 목이 길게 늘어지다가 이내 늘어졌던 피부가 찢겨져나가며 머리가 몸에서 분리되었다.

설무백은 그제야 역천강시의 어깨에서 내려오며 손에 들고 있던 머리를 두 손으로 강하게 눌렀다.

퍽-!

역천강시의 머리가 수박처럼 터져 나갔다.

그사이 다가온 역천강시 하나가 그의 등을 가격했다.

꽝-!

설무백은 상당한 통증을 느끼며 중심이 앞으로 쏠렸다.

그러나 그는 고통을 무시하고 그대로 돌아서며 쌍장을 날렸다.

방금 자신을 공격한 역천강시가 아니라 그 뒤를 따르는 두 구의 역천강시를 향해서였다.

꽈광-!

폭음이 터지며 두 구의 역천강시가 앞서처럼 저만치 나가떨어졌다.

그사이 지근거리로 다가선 역천강시 하나가 두 손으로 설무백의 목을 움켜잡았다.

설무백은 자신의 목을 움켜잡은 역천강시의 두 손목을 잡아서 뜯어냈다.

그리고 역으로 역천강시의 목을 움켜잡으며 앞서처럼 어깨에 올라탔다.

"크르르르……!"

역천강시가 마치 자신의 운명을 예감한 것처럼 두 손을 들어서 설무백의 옆구리를 마구 때리며 발작하듯 몸부림쳤다.

설무백은 그에 전혀 아랑곳하지 않고 앞서처럼 용력을 발휘했다.

으드득-!

역시나 역천강시는 버티지 못했다.

뼈가 어그러지는 소리가 나며 역천강시의 머리가 몸과 분리되었다.

퍽-!

설무백은 이번에도 두 손으로 압력을 가해서 역천강시의 머리를 수박처럼 터트려 버렸다.

지금의 그가 아는 한 역천강시를 죽이는 것은, 아니, 동작불능의 상태로 만드는 것은 그것밖에 없었다.

그때 거듭 저만치 나가떨어졌던 두 구의 역천강시가 달려와서 그를 덮쳤다.

하나는 그의 목에, 다른 하나는 그의 허리에 매달려서 용을 쓰고 있었다.

마치 자신들의 동료가 당한 것처럼 그의 머리를 잡아 뽑으려는 듯한 공격이었다.

엄청난 힘이었다.

상당한 압력과 고통이 설무백의 뇌리로 직결되고 있었다.

실제로 머리가 뽑힐 것처럼 목뼈가 늘어나는 소리가 났다.

뿌드득-!

보통의 사람이라면, 아니, 어지간한 수련을 거친 강호 무림의 고수라도 별수 없이 머리가 뽑혀졌을 터였다.

그러나 설무백은 버틸 수 있었고, 견딜 수 있었다.

역천강시가 괴물이라면 그는 그보다 더한 괴물이었다.

그다음은 반격이었다.

설무백은 머리를 잡고 목에 매달린 역천강시는 끌어내리고, 몸을 껴안고 늘어지는 역천강시는 끌어 올려서 한 손에 하나씩 그들의 머리를 휘감았다.

역천강시들의 머리가 그의 겨드랑이와 옆구리 사이에 족쇄처럼 단단하게 물렸다.

"크르르르······!"

역천강시들의 미친 듯이 몸부림쳤다.

두 손을 마구잡이로 휘둘러 설무백의 배와 등을 여러 번 가격했다.

그러다가 한순간!

퍼벅-!

설무백의 손에 잡혀서 겨드랑이와 옆구리 사이에 물려서 조여진 역천강시의 머리가 수박처럼 터져 나갔다.

"이것도 되는군."

설무백은 아무렇지도 않게 중얼거리며 절로 늘어진 역천강시를 밀어내고 몸에 묻은 푸르뎅뎅한 빛깔의 피와 뇌수를 털어 냈다.

그때 요미가 어느새 제압한 추인의 뒷덜미를 잡은 채로 그의 곁으로 내려서며 한숨을 내쉬었다.

"저기, 오빠. 앞으로는 오빠답게 좀 깔끔하게 싸우면 안 될까? 어울리지 않게 무슨 그런 무식한 싸움을 하는 거야?"

설무백은 심드렁한 표정으로 어깨를 으쓱했다.

"단련이야. 아무런 소득도 없이 싸우는 게 싫어서."

요미가 거듭 한숨을 내쉬었다.

"무슨 말인지는 알겠는데, 이제 적어도 내 앞에서는 그러지 말아 주라. 보고 있으면 이상하게 걱정이 되는 싸움이라서 그래."

설무백은 특유의 미온한 미소를 입가에 드리우며 손을 내밀어서 그녀의 머리카락을 흐트러트려 놓았다.

"알았다. 앞으로는 그러마."

요미가 기분 좋은 표정으로 웃었다.

"좋아. 나 이런 거 아주 좋아해. 관심 받고 있는 것 같아서. 히히……!"

앞으로 그렇게 해 주겠다는 대답보다 자신의 머리를 흐트러트려 놓은 설무백의 행동이 더 좋다는 소리였다.

설무백은 어이없어하며 눈총을 주었다.

"까불래?"

요미가 재빨리 시치미를 떼며 뒷덜미를 잡고 있는 추인의 오금을 발로 차서 무릎을 꿇게 만들며 말했다.

"자, 여기, 잡아 놓으라는 놈."

설무백은 픽 웃어넘기며 무릎 꿇은 추인을 지그시 바라보았다.

추인은 그야말로 얼빠진 사람처럼 몽롱하게 변한 눈빛으로 설무백의 시선을 마주하고 있었다.

네 구의 역천강시를 아무렇지도 않게 죽여 버리는, 그것도 맨손으로 머리를 무처럼 뽑아서 죽여 버리는 설무백의 무력에 충격을 먹고서 넋이 나간 모습이었다.

기실 역천강시가 어떤 괴물인지 아는 사람이라면 누구라도 그와 같을 것이었다.

막말로 말해서 구대문파의 장로들일지라도 역천강시 하나를 제대로 상대할 수 없었다.

그런데 설무백은 무려 네 구의 역천강시의 목을 흡사 엿가락처럼 늘려서 머리를 뽑아버리는 것으로 죽여 버렸다.

이건 정말 있을 수 없는 일이었다.

적어도 추인의 생각은 그랬다.

그 역시 강호일절로 인정받는 외가기공을 수련한 사람이라서 더욱 그럴 수밖에 없었다.

그의 별호를 있게 한 철혈수와 철비박(鐵臂拍)은 맨손으로 바위를 깨트리고, 팔뚝으로 강철을 우그러트리는 무공이었으나,

역천강시에게는 전혀 통하지 않았다.

실제로 그는 호기심으로 역천강시와 손깍지를 끼는 완력 대결을 벌이다가 손가락이 전부 다 부러지는 경험을 가지고 있었다.

역천강시의 육체는 그야말로 백련정각으로 제련한 강철보다도 더 단단한 것이다.

"도, 도대체 어떻게……?"

그러나 완전히 넋이 나갔던 약청은 설무백의 시선을 마주하는 순간, 부르르 진저리를 침과 동시에 정신을 차리며 묻고 있었다.

설무백의 눈빛에는 속절없이 죽어 나가는 역천강시의 모습을 보고 충격에 빠진 그의 정신을 대번에 일깨울 정도의 강렬한 힘이 담겨 있었던 것이다.

"으으……!"

정신을 차린 약청이 설무백의 위압감에 압도되어서 절로 신음을 흘렸다.

설무백은 그런 그를 실로 아무런 감정이 없어 보이는 눈빛으로 돌아가서 무심하게 바라보며 말했다.

"내가 지금 묻는 하나만 제대로 대답해 주면 편하게 죽을 수 있다. 사도진악이 언제 마교와 손을 잡았지?"

"……!"

약청이 적잖게 놀란 듯 두 눈을 부릅뜨며 설무백을 바라보앉다.

그러다가 새삼 부르르 진저리를 치고는 갑자기 두 눈을 까 뒤집고 꾸역꾸역 피를 토하며 고꾸라졌다.

"역시……!"

설무백은 바닥에 고꾸라져서 사지를 비틀다가 이내 잠잠해 지는 약청의 모습을 바라보며 가만히 고개를 끄덕였다.

요미가 그때 알아보며 말했다.

"언제 마교와 손을 잡았는지는 몰라도 확실히 마교와 손을 잡은 것은 틀림없네. 이런 식으로 무언가 비밀을 말하려는 심 경의 변화를 일으키면 발작을 일으키게 하는 섭혼술은 오직 마 교에만 있으니까."

설무백은 묵묵히 고개를 끄덕였다.

요미의 말대로였다.

그도 같은 생각을 하고 있었다.

"아쉽지만 이 정도로 만족해야겠네. 그만두고 어서 들어가 보자. 애들 구해야지."

설무백은 약청이 역천강시들과 함께 지키고 있던 지하 공간 에 틀림없이 애들이 감금되어 있을 것이라고 생각했다.

그러나 아니었다.

설무백의 예상이 틀렸다.

그런 생각으로 발걸음을 재촉해서 서둘러 들어간 지하 공간 에서 그는 애들이 아니라 생각지도 못한 생뚱맞은 사람을 만나게 되었다.

  지난날 그가 본산을 불태워 버린 형문파의 문주 자청검 매요신이 바로 그였다.

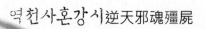

역천사혼강시逆天邪魂殭屍

설무백은 무저갱을 떠나 중원으로 들어와서 생활하는 동안 이해할 수 없는 상황을 수도 없이 겪었다.

　지난날 형산파의 사건도 그중의 하나였다.

　북무림과 남무림이 북련과 남맹이라는 이름으로 갈라져서 대립하고 있을 당시, 그는 제연청 모자를 두고 벌인 형산파의 만행을 징계코자 나섰다가 그들이 마교와 연관되어 있다는 사실이 드러나자 형산파의 본산을 불태워 버렸다.

　다만 그 당시 형산파의 주인인 자청검 매요신과 상당수의 정예들은 남맹을 지원하느라 본산을 비운 상태였고, 그 때문에 설무백은 언제고 다가올 그들의 보복을 대비하고 있었다.

　세간에 알려진 바에 따르면 자청검 매요신은 더 없이 냉혹

한 성격이며, 되로 주면 반드시 말로 받아야 제대로 행세할 수 있다는 강호 무림의 불문율을 철저히 신봉하는 사람이었다.

그러나 묘하게도 자청검 매요신은 설무백을 찾지 않았다.

물불 안 가리고 나설 사람으로 알았는데, 이상하게 잠잠했다.

설무백은 한동안 그 점이 못내 신경 쓰였으나, 따로 알아보지는 않았다.

지금도 그렇지만 그때 역시 그에게는 그것 말고도 신경 써야 할 일이 태산이었기 때문이다.

그러다가 그는 우연찮게 나중에 알게 되었다.

당시 남맹의 총단 거하던 매요신은 본산의 소식을 듣고 격노해서 곧바로 측근들과 함께 나섰으나, 형산파의 본산에는 도착하지 못했고, 그 이유는 형산파로 가는 도중 적의 매복에 당해서라는 것이 뒤늦게 남맹의 수뇌부가 밝힌 그 당시 사건의 전말이었다.

그런데 놀랍게도 바로 당시 죽었다는 형산파의 수뇌인 자청검 매요신이 쾌활림에 있었다.

설무백은 당연히 어린아이들이 있을 것이라고 생각하며 들어간 장소, 쾌활림이 비밀리에 조성해 놓은 후원의 지하 공간이었다.

쾌활림의 지하 공간은 흑선궁의 그곳과 달리 전각의 문을 통해서 들어가자마자 원을 그리며 아래로 뻗어진 계단을 통해

지하 깊숙이 내려가야 했다.

그리고 족히 십여 장 이상을 내려가서야 마주한 그곳은 무려 백여 개의 방으로 구성되어 있는 드넓은 공간이었는데, 그중의 한 방이었다.

어이없고 황당하게도 아이들이 감금되어 있을 것이라고 생각한 그 백여 개의 방은 텅 비워져 있었다.

대신 모든 방에는 무언가 제를 지낸 것 같은 제단이 마련되어 있고, 내부가 온통 피 칠갑으로 도배되어 있으며, 그 중앙에는 역시나 피 칠갑이 되어 있는 목관 하나가 놓여 있어서 설무백으로 하여금 끔찍한 상상을 하게 만들었다.

이곳으로 잡혀 온 아이들이 이미 다 죽어 버렸다는 상상이 바로 그것이었다.

"이런, 미친 새끼들……!"

설무백은 절로 끊임없이 욕설을 뇌까리며 백여 개의 방을 돌면서 거기 있는 모든 목관을 열어 보았다.

분노하는 중에도 혹시나 하는 마음에서 그런 것인데, 그의 짐작대과 달리 모든 목관은 아무것도 없이 비어 있었다.

다만 지하 광장으로 들어서면 바로 볼 수 있는 정면이자 끝에 자리한 방은 조금 달랐다.

다른 방보다 넓은 그 방에는 다른 방들과 달리 뚜껑에 무언가 부적이 붙어 있는 거대한 석관이 하나 놓여 있었고, 역시나 다른 방들과 달리 석관도 비어 있지 않았다.

설무백이 석관의 뚜껑을 열자 그 속에 누워 있다가 깨어나서 일어난 사람이 바로 형산파의 자청검 매요신이었던 것이다.

"……!"

귀신처럼 부스스 일어난 매요신은 백짓장처럼 핏기 하나 없이 창백한 얼굴에 흉악하게도 끈적끈적하게 변한 핏물을 머금은 마의를 입고 있었다.

그 바람에 설무백은 첫눈에 알아보진 못했으나, 이내 알아보고 본능적으로 태세를 갖추었다.

매요신의 외관도 외관이지만, 감정이라고는 눈곱만큼도 찾아볼 수 없는 무심하고 무감동한 잿빛 눈빛이 지금 그의 상태를 말해 주고 있었다.

그는 이미 모종의 대법을 거친 강시인 것이다.

"너와 나는 끝까지 악연인 모양이구나. 그래, 오늘 내가 그 악연을 끊어 주마."

설무백은 마음을 다잡고 두 손을 들어 올렸다.

끌어 올린 내력이 응집된 그의 두 손이 무섭게 이글거렸다.

그때였다.

귀신처럼 부스스 상체를 들고 이내 몸을 일으켜서 석관을 벗어난 매요신이 우뚝 서서 석관의 뚜껑을 연 설무백을 잠시 바라보더니 이내 끈적거리는 핏물을 뚝뚝 떨어뜨리며 밖으로 나와서 대뜸 고개를 숙이며 말했다.

"나 권천(拳天) 인사한다, 주인에게. 나 강하다. 나 권천 주인이 시키는 일은 무엇이든 다 한다."

"……?"

설무백은 한 방 맞은 표정으로 눈을 끔뻑였다.

꿈에도 상상하지 못할 상황에 정신이 다 멍해져 버렸다.

간발의 차이로 방으로 따라 들어와서 석관을 벗어나는 매요신을 보고 경계하던 요미가 맥이 풀린 표정으로 중얼거렸다.

"쟤 지금 뭐라는 거야?"

설무백은 정신을 차리며 말을 받았다.

"그건 내가 물어봐야 할 것 같은데? 너 이런 상황에 대해서 뭐 좀 아는 거 없어?"

요미가 여전히 놀란 눈빛으로 고개 숙인 매요신의 전신을 위 아래로 훑어보며 대답했다.

"내가 또 사마이공에 대한 지식은 남부럽지 않지만, 말하는 강시는 또 처음이라서 말이야. 뭐 이런 물건이 다 있지!"

요미도 매요신이 무언가 모종의 대법을 통해서 만들어진 강시라는 것만 파악한 것이다.

그녀가 문득 생각난 듯 덧붙였다.

"무일이는 알겠지. 그쪽 방면으로 도통한 녀석이니까."

설무백도 마침 같은 생각이 들었으나, 고개를 저었다.

언제 풍잔으로 돌아갈 줄 알고 그때까지 무엇인지도 모를 물건과 동행하는 건 딱 질색이었다.

그는 냉정하게 마음을 다잡고 매요신을 바라보며 물었다.

"권천이 네 이름인 거냐?"

매요신이 고개를 들고 특유의 무감동한 잿빛 눈동자로 바라보며 대답했다.

"그렇다."

"어떻게 그걸 알지?"

"그냥 안다. 있다, 내 머리에."

"누가 지어 줬지?"

"주인이 지어 줬다."

"내가?"

"그렇다."

설무백은 뒤통수를 한 대 맞은 것처럼 황당했지만, 애써 참으며 계속 대화를 이어 나갔다.

"내가 왜 너의 주인이지?"

매요신이 단호하게 대답했다.

"그야 처음 봤으니까, 내가."

"나를 처음 봐서 내가 주인인 거다?"

"그렇다. 그렇게 태어났다, 나는."

"아니다. 너는 태어난 것이 아니라 만들어진 거다. 너는 누군가의 손으로 만들어진 강시다. 모르겠나?"

설무백은 의도적으로 강하게 매요신의 존재를 부정하고 있었다.

매요신의 상태를 살펴보기 위한 노력이었다.

매요신의 무감동한 잿빛 눈동자가 불안하게 흔들렸다.

그러나 잠시였고, 이내 예의 무감동한 모습으로 돌아갔다.

그리고 한층 더 힘이 들어간 목소리로 대답했다.

"만들어진 것이 아니다, 나는. 태어난 거다, 나는. 주인이 태어나게 했다, 나를. 그리고 아니다, 나는 강시가. 천하유일무이의 존재인 역천사혼불사체(逆天死魂不死體)다, 나는."

설무백은 매요신의 강한 부정을 보고 역천사혼불사체라는 이름을 듣자 무언가 뇌리를 스치는 것이 있어서 슬쩍 손을 내밀며 말했다.

"손 좀 내밀어 봐."

"주인의 말은 무조건 듣는다, 나는 내민다, 손."

매요신이 일말의 거부도 없이 손을 내밀었다.

설무백은 그 손의 완맥을 잡아갔다.

그때!

"오빠!"

한쪽에 서서 지켜보던 요미가 놀라서 소리치며 다가왔다.

무턱대고 매요신의 손을 잡으려고 손을 내미는 그의 행동에 놀란 모양이었다.

그 순간, 설무백의 명령에 따라서 다가오며 손을 내밀던 매요신이 살기를 드높이며 그녀의 앞을 막았다.

"전부 다 적이다, 주군이 아닌 사람은! 목숨을 걸고 주군을 지킨다, 나 권천은!"

요미가 흠칫 놀라며 멈추었다.

매요신의 전신에서 발산되는 기운은 천하의 그녀조차 섣불리 다가설 수 없을 만큼 강렬했던 것이다.

설무백은 재빨리 나서며 말했다.

"그녀는 적이 아니다!"

"무조건 옳다, 주인의 말은. 적이 아니다, 그녀는."

매요신이 거짓말처럼 살기를 누그러트리며 물러났다.

주인의 말에 무조건 복종한다는 말이 어김없는 사실임을 드러내는 행동이었다.

요미가 어이없다는 표정으로 매요신을 노려보았다.

설무백은 슬쩍 눈치를 줘서 그녀의 분노를 잠재우며 재차 매요신을 향해 손을 내밀었다.

"손 좀 내밀어 봐."

"내민다, 손."

매요신이 바로 손을 내밀었다.

설무백은 그 손의 완맥을 잡았다.

그리고 손끝을 통해 실낱처럼 미세한 진기를 흘려보내서 매요신의 육체를 살펴보았다.

그리고 안색이 변했다.

이제야 그는 어렴풋이나마 알 것도 같았다.

역시나 그의 예상대로 매요신의 체내는 엄청나게 강렬한 음한지기를 내포하고 있었다.

그야말로 인간의 육체가 견딜 수 없는 수준의 음한지기가 매요신의 경혈을 따라 흐르고 있는 것인데, 그의 육체가 얼음덩어리로 변하지 않고 있는 것은 순전히 모종의 기운을 더한 양강진력이 음한지기를 중화하고 있었기 때문이다.

이런 경우는 세상에 오직 하나뿐이었다.

천형처럼 타고난 구음절맥을 치료한 구음지체가 바로 그것이었다.

즉, 매요신은 천형과 같은 절맥증의 하나인 구음절맥을 타고났으나, 모종의 방법을 통해서 치료한 구음지체인 것이다.

순간, 설무백의 눈이 빛을 발했다.

전날 사도진악의 친위대인 흑사자들을 제외하면 쾌활림의 삼대 무력 중 하나로 꼽히는 사살대의 대주, 귀안귀수 상악이 해 준 말들이 그의 뇌리를 스쳐 지나가고 있었다.

─구음지체(九陰之體)요! 그녀가 구음지체이기 때문이오!

─구음지체는 구양지체와 더불어 쾌활림이 구현하려는 모종의 존재를 위한 최고의 재료이기 때문이오.

─편법으로 만들어진 천강시인 역천강시가 아니라 완벽한 천강시를 말하는 거요. 아니, 더 나아가서 천강시를 뛰어넘는 사혼강시도 가능하리라 보고 있소.

설무백은 적잖게 충격을 받고 매요신의 완맥을 놓으며 물러나서 새삼스러운 눈빛으로 바라보았다.

매요신을 바라보는 그의 눈앞에 어렴풋이 하나의 그림이 그려졌다.

이제 보니 사도진악은 예하의 수하들을 모두 기만하고 있었다.

아니, 어쩌면 상악이 이미 사도진악의 눈 밖에 나서 그런 것인지도 모른다.

이유야 어쨌든, 사도진악은 상악의 말처럼 천강시를 뛰어넘는 사혼강시를 만들려는 것이 아니었다.

사혼강시조차 뛰어넘는 그 무엇, 바로 이름하야 역천사혼불사체라는 괴물을 만들려고 했다.

그리고 결국 성공했다.

지금 그의 눈앞에 있는 매요신이 바로 그 증거였다.

'무력의 경지는?'

설무백은 문득 그런 의문이 떠올랐다.

그도 어쩔 수 없는 무인인 것인데, 이내 작심한 그는 전신의 내력을 끌어 올리고는 손을 들어서 자신의 가슴을 두드리며 매요신을 향해 명령했다.

"주먹으로 여길 한 대 쳐 봐! 전력을 다해서!"

매요신이 망설였다.

요미가 놀라서 소리쳤다.

"오빠!"

설무백은 슬쩍 손을 들어서 그녀의 접근을 막으며 매요신에게 거듭 명령을 내렸다.

"어서!"

매요신이 그래도 머뭇거렸다.

그의 명령과 자신은 주인을 지켜야 한다는 생각 사이에 오는 모순으로 인해 선불리 움직이지 못하는 것으로 보였다.

설무백은 거듭 강하게 외쳤다.

"이건 명령이다!"

매요신이 그제야 움직였다.

전광석화처럼 앞으로 나서며 주먹을 내질러서 그의 가슴을 가격했다.

꽝-!

벽력과도 같은 폭음이 설무백의 가슴에 작렬했고, 설무백은 가랑잎처럼 뒤로 날아가서 벽에 처박혔다.

벽이 통째로 무너지고, 설무백이 그 속에 파묻혀 버렸다.

"오빠!"

요미가 소스라치게 놀랐다.

얼마나 놀라고 다급했는지 설무백이 뒤로 날아가서 벽에 처박히고, 벽이 통째로 무너져서 그를 덮치는 순간에 그녀는 벌써 그 앞에 다가와 있었다.

당연한 반응이었다.

여태 그녀는 이런 식으로 속절없이 당하는 설무백의 모습을 한 번도 본 적이 없는 것이다.

그러나 알고 보니 그렇게까지 놀랄 일은 아니었다.

와르르-!

설무백을 덮치며 쌓인 벽의 잔해가 그 순간에 모래성이 무너지는 것처럼 사방으로 흩어졌다.

그리고 그 속에서 설무백이 몸을 툭툭 털며 밖으로 나서고 있었다.

"오, 오빠?"

요미가 재빨리 다가와서 부축했다.

"괜찮은 거야?"

설무백은 멋쩍은 기색으로 그녀의 손길을 뿌리쳤다.

"그 정도는 아니니까 걱정 마. 그보다……."

말꼬리를 늘이며 그녀를 옆으로 밀어난 그는 격하게 놀란 눈빛으로 매요신을 바라보며 물었다.

"너 무공을 할 줄 아는 거였냐?"

매요신이 예의 무감동한 눈빛으로 바라보며 그만큼이나 무감동한 목소리로 대답했다.

"할 줄 안다, 나 무공."

"어떤 무공을 배웠지?"

"자홍진기(紫紅眞氣)에 기반한 자홍권법(紫紅拳法)과 자홍쌍검(紫紅雙劍), 그리고 혈인강(血刃罡)과 혈인수(血刃手), 혈인검(血刃劍)을 익혔다."

설무백은 절로 마른침을 삼켰다.

그는 너무 놀랍고 당황스러워서 잠시 말문이 막혀 버렸다.

그럴 수밖에 없었다.

소위 강시삼무(殭屍三無)라는 말이 있다.

강시는 세 가지가 없다는 의미인데, 감정과 내공, 고통이 바로 그것이다.

강시는 감정이 없고, 내공을 읽힐 수 없으며, 고통을 느끼지 못한다는 것을 강시삼무라고 하는 것이다.

따라서 그 어떤 새로운 방식으로 만들어진 강시도 그저 움직이는 단단한 덩어리에 불과하며, 또한 그래서 어떻게 그 단단함을 더 강화하느냐가 기존의 강시술이 가지는 최대의 명제였다.

그런데 그와 같은 강시에 대한 상식이 파괴되었다.

지금 설무백이 마주하고 있는 매요신이 바로 그 증거였다.

조금 전 매요신은 내공을 사용했고, 그 내공을 활용하는 동작으로, 즉 무공의 초식을 사용해서 설무백의 가슴을 가격했던 것이다.

게다가 놀라운 것은 그것만이 아니었다.

매요신이 익혔다고 밝힌 무공 또한 놀랍기 짝이 없었다.

자홍진기에 기반한 자홍권법과 자홍쌍검이야 형산파의 비전절기이니 그러려니 하지만, 혈인강과 혈인수, 혈인검 때문에 그랬다.

그것들은 바로 과거 강호 무림을 피바다에 잠기게 했던 혈교의 마왕인 지옥혈제 파릉 무공이자 마교의 십대마공 중 하나인 혈무사환공에 기반한 절대마공이 아닌가 말이다.

'아니, 그것도 그렇지만……! 저 녀석 아까 분명히 내 명령을 듣고 망설이는 기색을 보였잖아?'

주인이기에 공격하기를 꺼려한 것이다.

그것은 누가 뭐래도 그건 매요신이 감정을 가지고 있다는 뜻이었다.

순간, 설무백은 새삼 충격을 먹었다.

매요신이 파격적인 존재임을 알아서가 아니었다.

지금 그는 뇌리에 앞서 돌아본 지하 공간의 모습이, 백여 개가 넘는 모든 방들의 내부가 그림처럼 스쳐 지나가며 한 가지 의혹이 떠오르고 있었다.

'혹시 그 모든 방에서 만들어진 모종의 강시가 지금 그의 눈앞에 있는 매요신을 만들기 위한 소모품이었던 걸까?'

사실이 그렇다면 실로 매요신은 수천, 어쩌면 수만의 생명을 잡아먹고 태어난 괴물일 터였다.

마교의 대법으로 만들어지는 강시는 그게 어떤 종류의 강시든 수십에서 수백의 목숨을 담보로 한다고 무일의 말을 그는 똑똑히 기억하고 있는 것이다.

다만 그건 매요신의 잘못으로 볼 수 없었다.

매요신은 구음지체라는 이유로 저들의 표적이 되었고, 결국 희생양이 되었을 뿐인 것이다.

물론 그렇다고 해서 매요신에게 측은지심이 드는 것은 아니었다.

매요신이 마교를 위해서 어떤 만행을 저지르고 있었는지 그는 익히 잘 알고 있었다.

설무백은 그런 생각으로 마음을 다잡고 냉정하게 매요신을 바라보다가 불쑥 말했다.

"뿌린 대로 거두는 법이지. 인과응보라고 생각해라."

매요신이 대답을 해야 하는 건지 말아야 하는 건지 모르겠다는 듯 설무백을 바라보며 눈을 끔뻑거렸다.

설무백은 그 모습을 보자 다시금 의문이 솟구쳐서 혹시나 하며 커진 눈으로 매요신을 직시하며 물었다.

"너 혹시 고통도 느끼냐?"

매요신이 예의 무감동한 눈빛과 목소리로 반문했다.

"고통, 뭐지?"

설무백은 앞서 그의 상황을 상기시켜 주었다.

"너 아까 나를 공격하라고 명령하니까 망설였잖아, 방금 전에도 무언가 망설이는 기색이었고, 그런 식으로 생각하는 거, 몸이 아프다고 느끼는 감정 말이야."

매요신이 변함없이 무감동한 눈빛과 목소리로 되물었다.

"망설이는 거, 뭐지? 감정 뭐지?"

설무백은 한숨을 내쉬며 손을 내저었다.

"관두자."

보고 느낄 수 있는 것이 아닌 가상의 무엇을 설명하는 것은 쉬운 일이 아니었다.

하물며 지금의 매요신은 한 번도 그런 것을 생각해 본 적이 없는, 아니, 생각이라는 단어의 뜻도 제대로 이해하지 못하는 사고를 가지고 있어서 더욱 그랬다.

"그보다 이 얼굴로 밖을 돌아다닐 수는 없는데, 어쩌지?"

매요신은 단순한 강시가 아닌데다가, 그의 본색은 형문산의 호랑이로 알려진 형문파의 수장이었다.

비록 구대문파와 비교할 정도는 아니나, 오랜 역사와 전통을 자랑하며 대대로 뛰어난 검호를 배출한 검도 명문이요, 명문정파인 형문파의 수장이 강시가 되어서 개처럼 그의 곁을 졸졸 따르는 모습은 세상에 보일 꼴이 아니었다.

다른 생각을 다 떠나서 당사자인 매요신에게 죽어서까지 수치를 당하게 하는 것 같아서 싫었다.

그때 요미가 나서며 말했다.

"일단은 이거로 대충 가리고, 나중에 적당한 가면을 만들어 줘."

말을 하며 그녀가 내민 손에는 허리에 감고 있던 체대가 들려 있었다.

"그러자."

설무백은 체대를 받아서 매요신의 얼굴을 두 눈과 입만 보이게 돌돌 감아 주었다.

"당분간은 그러고 다녀."

매요신이 대답했다.

"알겠다. 한다, 이렇게 당분간."

"그 말투도 좀 어떻게 했으면 좋겠는데…… 아니, 우선 목욕부터 해야겠네. 이렇게 피 칠갑을 하고 어디를 다니겠나. 일단 밖으로 나가자."

설무백은 서둘러 지하 공간을 벗어나서 밖으로 나갔다.

그가 지하 공간의 입구인 전각의 문밖으로 나섰을 때, 거기 앞마당인 공터에는 공야무륵을 비롯한 흑영과 백영이 있었다.

어느새 싸움을 끝내고 설무백 등을 찾기 위해서 지하 공간으로 들어오려고 했던 것이다.

그런 그들을 보고 매요신이 반응했다.

살기가 비등했다.

공야무륵 등을 적으로 간주하는 태도였다.

설무백은 재빨리 나서서 알려 주었다.

"저들은 적이 아니다."

매요신이 그제야 살기를 죽였다.

공야무륵이 그런 그를 쳐다보며 물었다.

"누굽니까, 저 녀석은?"

설무백은 잠시 적당한 대답을 고르다가 마땅한 것이 생각나지 않아서 그냥 에둘러 말했다.

"일단은 그냥 동료. 자세한 얘기는 나중에 하자. 그보다 정리는 다 잘했어?"

공야무륵이 보고했다.

"지시하신 대로 도주하는 자들은 그냥 보내 주었습니다. 다만 금강시를 데리고 도주하려는 놈들은 다 처리했습니다."

설무백은 기꺼이 고개를 끄덕였다.

"잘했어. 훗날을 도모하려는 놈들이니, 죽어도 싸지."

"근데, 영내를 거의 다 돌아도 아이들의 모습은 보이지 않았습니다."

공야무륵이 걱정스러운 눈빛으로 지하 공간의 입구인 전각의 문을 일별하며 조심스럽게 재우쳐 물었다.

"저 안에도 없었나요?"

"아이들은 그만 잊어."

설무백은 짐짓 냉정하게 말했다.

벌써 다 희생된 것 같다는 말을 굳이 입 밖으로 꺼내고 싶지 않아서였다.

공야무륵가 더는 묻지 않았다.

척하면 착이었다.

설무백의 반응만 보고도 사태를 파악한 것이다.

"그보다……."

설무백은 애써 화제를 돌렸다.

"여기 어디 몸을 씻을 만한 곳이 있나?"

매요신을 두고 묻는 말이었다.

전신이 오통 끈적끈적한 피 칠갑을 하고 있는 그를 이대로 그냥 데리고 갈 수는 없었다.

공야무륵이 눈치 빠르게 알아듣고는 손으로 지근거리에 있는 대전의 뒤쪽을 가리켰다.

"저쪽 너머에 있는 정원에 제법 큼직한 연못이 하나 있습니다."

"좋았어."

설무백은 반색하며 발길을 재촉했다.

공야무륵이 말대로 전각을 돌아가자 정원이 나오고, 거기에 제법 큼직한 연못이 하나 있었다.

매요신은 거기서 몸을 씻었다.

씻으라는 말을 제대로 이해하지 못해서 설무백이 시범을 보인 다음에야 겨우 씻을 수 있었다.

그때 흑도천상회로 간다던 귀안귀수 상악이 설무백을 찾아왔다.

"아직 안 떠났어?"

쾌활림의 영내에 그들 말고는 살아 있는 사람이 없다는 것을 느낀 듯 혹은 확인한 듯 매우 당황하고 놀란 기색이 역력한 상악이 가만히 고개를 끄덕이며 어렵사리 입을 열었다.

"부 소저가 깨어났소."

과연 비접 부약운은 깨어나 있었다.

다만 아직도 여전히 정상적인 상태는 아니었다.

겁에 질린 모습으로 구석에 처박혀서 식은땀을 뻘뻘 흘리며 연신 주변의 눈치를 보는 것이 정신을 차리기 무섭게 그녀가 드러낸 태도였다.

"앵속에 중독된 증상이라고 하오. 그것도 단순히 앵속만이 아니라 다른 어떤 정체 모를 미혼분과 섞어서 사용한 것 같다는 의원의 말이오. 당분간 주변의 사물이 모두 다 일그러진 괴물로 보여서 자주 발작을 할 테니, 너무 서두르지 말고 보살피며 지켜보라고 합디다."

설무백이 도착해서 방구석에 웅크리고 있는 부약운을 마주하자 부적산이 해 준 설명이었다.

설무백은 슬쩍 자신의 그림자를 내려다보았다.

그러자!

"알았어, 알았어! 어련히 나설까 봐 서두르기는……!"

요미가 투덜거리며 그의 그림자 속에서 유령처럼 스르르 빠져나오더니, 구석에 웅크리고 있는 부약운에게 다가갔다.

부약운이 대번에 비명을 지르며 발작을 일으켰다.

요미가 그러거나 말거나 자신의 머리를 부여잡는 그녀의 두 손목을 잡아채며 호통을 쳤다.

"까불지 말고 내 눈을 봐!"

놀랍게도 그의 말을 들은 부약운이 발작을 멈추었다.

그녀는 마치 귀신에게 홀린 것처럼 멍한 눈빛으로 요미의 시선을 마주하고 있었다.

요미가 다시금 준엄하게 외쳤다.

"정신 차려! 너 때문에 오빠가 죽을 뻔했어! 고작 이 정도도 견디지 못하니까 그따위 일을 벌이게 되는 거잖아!"

그리 큰 목소리가 아님에도 이상하게 듣는 사람들의 가슴을 울렁이게 하는 목소리였다.

모종의 기운이 서린 목소리인 것이다.

순간, 몽롱하던 부약운의 눈빛이 서서히 흔들리기 시작했다.

때를 같이해서 그녀의 눈빛을 마주한 요미의 눈동자가 회색빛으로 변하며 강렬한 빛을 발했다.

그러자 부약운의 눈빛이 서서히 선명해졌다.

이제 그녀는 더 이상 전신을 부들부들 떨지 않았고, 이마에서 흐르던 식은땀도 멈추었다.

그 상태로, 그녀는 자신의 면전에 한무릎을 꿇고 앉은 요미를 쳐다보고 다시 주변을 둘러보다가 이내 설무백을 발견하고는 그렁그렁 눈물을 흘리며 목이 멘 목소리로 말을 더듬었다.

"아, 아, 아버님이 저, 저를 버렸어요! 흑흑······!"

부약운이 깨어난 이후에도 제대로 정신을 차리지 못하고 이상 증상을 보인 것은 전적으로 앵속 중독의 후유증만이 아니었다.

앵속에 중독된 후유증도 있었으나, 그보다는 섭혼술에 의한 후유증이 더 컸다고 볼 수 있었다.

그녀는 앵속만이 아니라 정신을 제어당하는 모종의 섭혼술에도 당했고, 그 후유증으로 인해 정신적은 타격이 극심해서 깨어난 이후에도 온전한 정신으로 돌아오지 못하고 있었던 것이다.

"난 그저 어떤 놈이 펼친 섭혼술의 잔재를 씻어 내 주었을 뿐, 정신이 돌아온 건 저 여자 능력이야. 사실 그 어떤 놈이 앵속을 쓴 것도 저 여자가 정신력으로 버티며 좀처럼 섭혼술에 빠져들지 않았기 때문일 거야. 앵속으로 정신력을 흐려 놓고 섭혼술을 쓰면 어지간한 정신력의 소유자도 당할 수밖에 없지. 정말 대단한 정신력을 가졌어, 저 여자. 인정!"

설명을 끝낸 요미는 편안한 모습으로 침상에 누워 잠든 부약운을 향해 엄지손가락을 치켜세웠다.

온전한 정신이 돌아와서 설무백을 발견한 부약운은 울며불며 터진 봇물처럼 그간의 사정을 털어놓고는 이내 기진맥진해진 모습으로 쓰러지더니 깊은 잠에 빠져 버렸다.

설무백은 잠시 그녀의 모습을 바라보며 뜸을 들이다가 물었다.

"그래서 이젠 괜찮아진 거지?"

요미가 침상의 부약운을 가리키며 대답했다.

"보면 몰라? 세상 편하게 골아 떨어져 있잖아."

설무백은 싱긋 웃으며 요미의 머리를 쓰다듬어 주었다.

"수고했다."

요미가 만족한 표정으로 가만히 있다가 그가 손을 거두자, 거두어지는 그 손을 따라서 머리를 들이밀며 말했다.

"헤헤, 쓰담쓰담 한 번만 더!"

설무백은 손가락을 뻗어서 슬쩍 그녀의 이마를 밀어내고는 부적산에게 시선을 주며 불쑥 물었다.

"사왕 부금도에 대한 그녀의 말을 어떻게 생각해?"

부적산이 곤혹스러운 표정을 지으며 고개를 절레절레 흔들었다.

"당최 본인은 아직도 뭐가 뭔지 모르겠소. 지난 언젠가부터 형님의 태도가 이상하다고 생각했고, 그래서 이번에 억지로 저 아이를 데려오긴 했소. 하지만 형님이 당신의 하나뿐인 금지옥엽을 직접 감금하고, 앵속에, 섭혼술까지 동원했다니, 이건 정말……!"

그는 도무지 모르겠어서 머리가 깨질 것 같은지 두 손으로 자신의 머리를 강하게 움켜쥐었다.

"대체 왜? 무엇을 바라고 그런 짓을……?"

설무백은 그런 그의 태도를 물끄러미 바라보며 나직이 한마디 했다.

"그 모든 의문을 한 방에 해결할 수 있는 답이 있지."

자신의 머리를 쥐어뜯고 있던 부적산이 그대로 멈추며 반사적으로 설무백을 바라보았다.

"뭐요, 대체 그게?"

설무백은 어디까지나 무심하게 대답했다.

"사왕 부금도가 이미 죽었다면, 지금의 부금도가 가짜라면 그 모든 것이 가능하지."

"……!"

부적산의 두 눈이 서서히 커졌다.

아마도 지난날 부금도와의 사이에서 일어났던 기억들이 눈앞으로 스쳐 지나가며 그에게 무언가 깨달음을 주는 것 같았다.

이윽고 그가 자를 박차고 일어났다.

"가 봐야겠소! 가서 내가 직접 확인해 봐야겠소!"

설무백은 냉정하게 말했다.

"그래, 가서 직접 확인해 봐. 그리고 쥐도 새도 모르게 죽어서 땅에 묻히고, 흑선궁이 나락으로 떨어지는데, 아니, 이 지상에서 사라지는 데 일조해. 그것도 누대에 걸쳐 세간에 머리만 있고 뇌가 없다는 바보천치 소리 들으면서."

"……!"

부적산이 그제야 깨닫고는 스르르 주저앉았다.

설무백은 끌끌 혀를 차며 그런 그를 향해 말했다.

"여기 흑선궁의 터는 정말 좋아. 적어도 소수로 다수를 막아 내는 데 더 없이 유효한 지형이지. 그런데 내가 왜 굳이 이런 곳을 버리고 다른 곳으로 거처를 옮기라고 했을까?"

부적산이 한껏 일그러진 얼굴을 떨어뜨렸다.

설무백은 그러거나 말거나 강하게 쏘아붙였다.

"나는 아직도 부금도가 부약운을 데려가겠다는 당신을 왜, 어쩌서 그냥 곱게 보내 주었는지 이해할 수 없는 사람이야. 정 말이지 그에게 그럴 수밖에 없는 피치 못할 사정이 있었다는 얘기야. 근데, 하늘이 도와서 살아남은 줄도 모르고 거길 다시 기어들어가겠다고?"

고개 숙인 부적산의 안색이 잘 익은 홍시보다도 더 붉어졌 다.

그야말로 입이 열 개라도 뭐라고 할 말이 없다는 기색이었 다.

설무백은 말미에 한숨을 내쉬는 것으로 얘기를 끝내고 슬 쩍 고개를 돌려서 가군자 엽소를 바라보며 물었다.

"알아봤어?"

거두절미하고 불쑥 던진 질문이었으나, 눈치 빠른 엽소는 대 번에 알아차리며 대답했다.

"마침 여기서 서쪽으로 그리 멀리 떨어지지 않은 도시인 익 양부(益陽府)에 쓸 만한 물건이 하나 있습니다. 과거 진장자(陳長 子)라 불리던 그쪽 지역의 거부가 사용하던 별장이라는데, 위치 나 환경 그렇고, 규모나 가격도 적당합니다."

설무백은 고개를 갸웃했다.

"그런 물건이면 사람들이 다 알고 있어서 기본적으로 비밀리에 구입할 수 없을뿐더러, 위치도 사람들에게 다 알려져 있지 않나?"

"아닙니다."

엽소가 고개를 젓고는 슬쩍 두 손을 두드려서 남녀가 함께 하는 행위를 시늉해 보이며 부연했다.

"본디 이걸 밝히는 진장가가 은밀하게 사용하던 거처인지라 최측근인 집사만 알던 장소이고, 작년에 진장자가 지병으로 죽고 나서 자식들이 유산 싸움을 벌이는 와중에 집사가 남몰래 빼돌려 놓은 물건이라 비밀이 보장되는 물건입니다."

설무백은 기꺼운 표정으로 확인했다.

"바로 들어갈 수 있는 거지?"

"여부가 있겠습니까. 계약금만 주고, 이주를 다 끝낸 다음에 잔금을 치러도 된다고 했습니다."

"좋아, 거기로 하지."

"……"

설무백의 승낙이 떨어지자, 엽소가 은근슬쩍 눈치를 보며 말을 건넸다.

"다만 한 가지 걸리는 게 있습니다."

설무백이 어리둥절해서 쳐다보자, 그가 재빨리 덧붙여 말했다.

"이작교에서 데려온 아이들 말입니다. 아이들에 대해서는 말씀이 없으셨잖습니까. 아이들까지 지내기에는 장소가 너무 협소합니다. 그럴 만한 장소는 인근에 없습니다. 해서, 아아들까지 함께 지내려면 일단 거처를 옮긴 다음에 주변의 땅을 사서……!"

"아니, 그럴 필요 없어."

"예? 그럼 아이들은……?"

설무백은 대답 대신 고개를 돌려서 부적산을 바라보며 말했다.

"조금 도와줘야겠어."

부적산이 어리둥절해했다.

"무엇을……?"

설무백은 바로 말했다.

"아이들을 풍잔으로 보낼 거야. 쓸 만한 친구들로 스무 명 정도만 빌려줘. 아이들도 적지 않고, 길도 멀고 하니, 그 정도는 되어야 할 거야."

부적산이 어색하게 웃으며 대답했다.

"내가 귀하를 도울 수 있는 일도 다 있다니 놀랍구려. 알겠소. 당장에 쓸 만한 애들을 추려 보겠소."

설무백은 웃는 낯으로 감사를 표하곤 손뼉을 쳐서 분위기를 쇄신하며 말했다.

"자, 그럼 시작해 봅시다."

한꺼번에 다수의 인원이 빠져나가는 것은 아무래도 이목을 피할 수 없을 테니, 최대한 지양해야 할 일이었다.

물론 이작교에서 데려온 아이들은 예외였다.

아이들의 존재는 이미 인근 사람들이 다 알고 있는 상황이니, 굳이 눈치를 볼 필요가 없었다.

그래서 아이들은 가장 먼저 흑선궁을 벗어났다.

부적산이 엄격하게 선발한 흑선궁의 정예 이십여 명의 인솔 아래, 풍잔을 향해서였다.

그다음은 부적산을 위시한 흑선궁의 가솔들이 떠났고, 그다음인 마지막이 설무백 등의 차례였다.

시작부터 끝까지 시간차를 두고 차근차근 대여섯 명씩 흑선궁을 벗어난 까닭에 마지막으로 설무백 등이 흑선궁을 떠날때는 이작교에서 데려온 아이들이 풍잔을 향해 떠난 지 하루하고도 반나절이 지난 다음인 새벽이었다.

설무백 등의 순서가 마지막인 이유는 달리 없었다.

설무백의 선택이었고, 떠나기 전에 할 일이 있었기 때문이다.

설무백은 흑선궁을 떠나면서 그 일을 했다.

흑선궁의 전역에 불을 질렀다.

그리고 쾌활림으로 가서 거기도 남김없이 전역에 불을 질렀다.

설무백의 다음 행선지가 흑도천상회라는 얘기를 듣더니 굳이 먼저 떠나지 않고 기다리다가 동행한 상악은 그 이유를 짐작하기 어려웠던 모양이었다.

흑선궁에 이어서 쾌활림도 불을 지르고 나서 장사부를 벗어나는 시점이 되자, 설무백에게 다가와서 넌지시 말을 건넸다.

"흑선궁을 불태우는 건 부적산 등이 죽었는지 살았는지 모르게 하기 위해서라고 보이오만, 쾌활림을 불태우는 건 대체 무슨 이유인 거요? 거기는 이미 죽을 사람은 죽고, 떠날 사람은 떠나서 감추고 자시고 할 것도 없지 않소?"

설무백은 대수롭지 않게 말해 주었다.

"흔적을 지우려고."

"어떤 흔적을 말이오?"

"쾌활림의 흔적."

"……!"

상악이 말문이 막힌 표정으로 한참을 입을 다문 채 침묵하다가 조심스럽게 물었다.

"쾌활림과는 언제 어느 때 무슨 일로 원한을 맺은 거요?"

설무백은 태연히 사실을 말했다.

"전생에 날 죽였어 그들이."

"……."

상악이 새삼 말문이 막힌 표정이다가 이내 퉁명스러운 표정으로 대꾸하며 설무백을 외면했다.

"말해 주기 싫은 것으로 알고 다른 걸 묻겠소. 본인은 아무리 생각해도 잘 모르겠소. 대체……!"

그는 무심결에 목소리가 높아졌다고 생각했는지 슬쩍 뒤에서 따르고 있는 부약운을 일별하며 목소리를 조금 낮추어서 물었다.

"부 소저는 왜 데리고 가는 거요?"

설무백은 대수롭지 않게 대답했다.

"재미있을 것 같아서."

"……."

상악이 이번에도 그의 믿지 않았다.

그는 자못 매섭게 설무백을 노려보다가 이내 어울리지 않게 토라진 아이처럼 홱 고개를 돌렸다.

"알겠소! 관둡시다! 더는 아무것도 묻지 않겠소!"

"정말인데? 나중에 봐봐."

"……."

상악이 슬며시 고개를 돌려서 삐딱하게 설무백을 바라보았다.

이걸 믿어야 할지 말아야 할지 모르겠다는 눈치였다.

설무백은 가볍게 픽 웃는 것으로 주위를 환기시키며 넌지시 말문을 돌렸다.

"그보다 궁금한 게 하나 있는데, 지금 사도진악의 친위대인 흑사자들의 대형이 누구지?"

상악이 별게 다 궁금하다는 듯이 바라보며 알려 주었다.

"흑룡(黑龍)이오."

설무백은 의지와 무관하게 눈을 끔뻑였다.

실로 이채로운 기분이 그의 가슴을 싸하게 만들고 있었다.

그도 그럴 것이, 전생의 흑룡은 그와 동기이긴 해도 과거 주화입마의 영향으로 인해 미욱하고 우둔해서 다른 누군가를 지휘할 수 있는 사람이 아니기 때문이다.

"흑사자들의 대형이 흑……룡이라고?"

이건 아니었다.

내기를 해도 좋았다.

누군가 뒤에서 흑룡을 조종하는 자가 있다는 데에, 그는 지금 당장 전 재산을 걸 수도 있었다.

─────

암왕 사도진악의 친위대인 흑사자들의 대형 흑룡은 여태껏 살아오면서 한 번도 자신이 미련하다거나 우둔하다고 생각해 본 적이 없었다.

매사에 그의 판단은 정확했고, 확실했다.

적어도 그의 생각은 그랬다.

그러니 만약 그가 자신을 두고 그런 말을 하는 사람이 있다는 것을 안다면 상대가 아무리 괜찮은 사람이라도 그는 틀림없이 죽여 버렸을 터였다.

그는 그럴 능력이 있는 것이다.

정작 그 자신만 모르고 있을 뿐, 미련하고 우둔하다는 말이 무색할 정도로 미욱하나, 그 누구도 무시할 수 없을 정도로 엄청난, 그야말로 무지막지하게 강한 무공을 가진 사람이 바로 그였기 때문이다.

그건 정말 누구도 이해할 수 없는 일이었다.

분명 사람들이 아는 흑룡은 무식하고 단순한데, 이상하게 무공에 대한 이해는 더 없이 빠르고 영민하게 돌아갔다.

아침에 밥을 먹었는지도 제대로 기억하지 못하면서 놀랍게도 십 년 전에 한 번 훑어본 무공 초식은 그림처럼 선명하게 기억해 내는 사람이 바로 그였다.

그 때문이었다.

흑룡은 언젠가부터 지위와 무관하게 주변 사람들로부터 놀림감이 되기 일쑤였다.

분명히 미욱한데 무공은 또 빨리, 제대로 익히는 그의 능력에 대한 시기와 질투를 주변 사람들이 그런 식으로 드러내는 것인데, 오늘도 그랬다.

오늘 그는 아침과 점심식사를 거꾸로 물구나무를 서서 먹었고, 지금 또 저녁식사를 그렇게 먹고 있었다.

보다 못한 수하가 대체 왜 그러냐고 묻자, 그는 한 수 가르

쳐 준다는 식으로 웃으며 대답했다.

"속이 좋지 않을 때는 이렇게 먹는 게 좋아. 흑표가 알려 준 거니까, 너도 나중에 속이 안 좋으면 이렇게 해."

인간병기人間兵器 (1)

식탁 앞에서 물구나무를 서서 식사를 하는 흑룡에게 왜 그러냐고 물은 사람은 흑사자 서열 이십삼 위인 흑목(黑目)이었다.

그는 비록 뛰어난 머리를 가진 사람은 아니지만, 소화가 안될 때 물구나무를 서서 먹는 게 전혀 도움이 되는 일이 아니라는 것쯤은 익히 잘 알고 있었다.

그러나 흑목은 수긍하듯 묵묵히 고개를 끄덕이는 것으로 흑룡의 말을 받아넘기며 밖으로 나갔다.

흑룡에게 말도 안 되는 그 짓을 알려 준 사람이 흑표였기 때문이다.

흑룡이 허수아비와 다름없는 이름뿐인 흑사자들의 대형인데 반해 흑표는 흑사자들의 실세였다.

흑룡이 못내 불쌍하긴 했으나, 그게 다였다.

괜한 말을 해서 흑표의 눈 밖에 나고 싶은 생각이 그에겐 눈곱만큼도 없었다.

그런데 그게 정말 잘한 일이었다.

흑룡의 거처를 벗어나는 문 앞에 흑표가 서 있었던 것이다.

"오, 오셨습니까, 이사형."

반사적으로 고개를 숙이며 인사하는 흑목은 절로 가슴이 서늘하고 등줄기에 식은땀이 배었다.

순간의 선택이 미래를 좌우하고 생사를 결정짓는 수가 있다더니, 지금이 딱 그 짝이었다.

까딱 잘못했으면 그의 미래가 사라질 뻔했다.

이 정도 거리면 그가 제아무리 작은 소리로 속삭였어도 흑표가 듣지 못할 리 만무했기 때문이다.

"뭘 그리 놀라?"

흑표가 묘하다는 듯이 쳐다보며 물었다.

경직된 흑목의 태도를 이상하게 느끼는 것이다.

"아, 아니요. 갑자기 나타나셔서…… 제가 부족해서 문밖에서 계시는 기척을 전혀 느끼지 못했습니다."

얼떨결에 나간 진심이었다.

"그래?"

흑표가 싫지 않은 기색으로 피식 웃으며 재우쳐 물었다.

"그보다 넌 이 시간에 왜 대형의 거처에 있는 거야?"

흑목은 솔직하게 대답했다.

"일전에 대형께서 구해 달라고 부탁한 물건이 하나 있습니다. 우리가 가지고 있지 않은 물건이라 제가 따로 사람을 시켜서 구하는 중이었는데, 마침 조금 전에 도착해서 대형에게 알려 드리고 돌아가는 중입니다."

흑표가 깜빡했다는 듯이 말했다.

"아, 네가 우리 보급품을 담당하고 있었지, 참!"

"예, 그렇습니다."

"그래서 대형이 구해 달라는 물건이 대체 뭔데?"

"한철판과 쇠구슬입니다."

"한철판과 쇠구슬……?"

"예, 한철판은 가로세로 아홉 자에 두께가 한 자짜리이고, 쇠구슬은 도토리 크기로 가능한 많이 구해 달라고 하셨습니다. 근데, 그게 쇠구슬은 별반 문제가 아니지만, 가로세로가 아홉 자에 두께가 한 자인 한철판을 구하는 게 쉽지 않았습니다. 인근 대장간을 다 뒤졌는데, 오직 한 군데서만 만들 수 있다고 겨우 구했습니다."

"아니, 대체 그런 게 왜 필요하다는 거야?"

"그게, 그러니까, 무공 수련에 필요하시다고…… ."

"무공 수련에……?"

흑표는 흑목의 대답을 듣기 무섭게 볼썽사납게 일그러진 얼굴로 쓰게 보이는 미소를 흘렸다.

다른 건 몰라도 무공에 대해서만큼은 흑룡에게 묘한 자격지심을 가지고 있는 사람이 그였기 때문이다.

물론 그건 실로 극소수의 사람만 아는 비밀이었다.

지금 그를 마주하고 있는 흑목도 전혀 모르고 있었다.

"하여간 별스럽다니까. 그래, 알았다. 어서 그만 가 봐."

"아, 예. 그럼 저는 이만······!"

흑목이 더 없이 정중하게 공수하며 자리를 떠났다.

흑표는 멀어지는 흑목의 뒷모습을 잠시 주시하다가 이내 돌아서서 흑룡의 거처로 들어갔다.

흑룡은 어느새 식사를 끝내고 자리에 앉아 있다가 안으로 들어서는 흑표를 보고는 반색했다.

"여, 아우 왔나. 호랑이도 제 말하면 온다더니, 그 말이 맞군 그래. 안 그래도 방금 전에 아우의 얘기를 했었는데 말이야."

흑표는 관심을 보이며 물었다.

"무슨 말을 했는데요?"

흑룡이 장대한 체구와 어울리게 껄껄 웃고는 대답했다.

"조금 전에 내가 속이 안 좋아서 물구나무를 서서 식사를 했거든. 왜 전에 아우가 그랬잖아. 속이 안 좋을 때는 그렇게 식사하는 게 좋다고 말이야. 그런데 흑목이 보고 왜 그러냐고 묻더라고. 그래서 내가 그걸 알려 주고, 아우가 알려 준 거니까 흑목에게도 나중에 속이 안 좋으면 하라고 했지. 하하······!"

"······."

흑표는 잠시 울지도 웃지도 못하는 표정으로 굳어져 있다가 뒤늦게 어색한 미소를 흘렸다.

그럴 수밖에 없는 것이, 속이 안 좋을 때 물구나무를 서서 식사하면 좋다는 건 지난 어느 날인가 그가 흑룡을 놀리고자 했던 말이었는데, 흑룡이 그걸 기억하고 있다가 실제로 했던 것이다.

"아, 그렇군요."

흑표는 대충 수긍하고는 서둘러 말문을 돌렸다.

당시에는 어땠는지 몰라도 지금은 당사자인 그가 다시 들어도 낯부끄러운 놀림이었기 때문이다.

"그보다 흑목에게 무공 수련을 위해서 거대한 한철판과 다량의 쇠구슬을 구해 달라고 했다면서요?"

"아, 그거……!"

흑룡이 계면쩍은 표정으로 대답했다.

"내가 최근에 암명신장(暗明神掌)과 암혼사멸지(暗魂死滅指)의 수련에 주력하고 있는데, 이상하게도 한동안 구 성의 경지에 머물러서 더 이상의 진보가 없더라고. 그래서 표적을 보다 더 강한 것으로 바꾸면 도움이 될까 해서 말이야."

"……!"

흑표는 내심 놀랐다. 크게 당황스럽기도 했다.

그도 그럴 것이, 암명신장과 암혼사멸지는 사부인 암왕 사도진악이 그들에게 사사한 내공인 암명심공(暗明心功)에 기반한

상승의 절학들로, 그의 경우는 실로 각고의 노력을 경주했음
에도 아직 팔성의 경지에 머물러 있었다.

그것도 불과 반 년 전에 겨우 얻은 성과로, 그 당시 얼마나
기뻐했는지 몰랐다.

'그런데 벌써 구 성? 그것도 한동안?'

흑표는 새삼 가슴 한구석에서 불처럼 뜨겁게 치솟는 기운
을 느끼며 머리를 어지러웠다.

참기 어려운 질투였고, 견디기 힘든 시기였다.

대체 한동안이 얼마 동안인지는 모르겠지만, 짧으면 짧은
대로, 길면 긴 대로 그에게는 충격이었다.

짧으면 그 대단한 무공을 그 짧은 시간에 구성의 경지까지
도달했다는 것이기에, 또한 길면 그 대단한 무공을 벌써 오래
전에 구성까지 도달했다는 것이기에 그랬다.

흑표는 이런 기분을 느낄 때마다 늘 그렇듯 흑룡을 죽여 버
리고 싶다는 감정을 애써 억누르며 말을 받았다.

"그래요? 그게 도움이 될까요? 표적을 바꾼다고 무공의 경
지가 빠르게 오른다는 얘기는 처음 듣는데."

흑표가 대수롭지 않게 어깨를 으쓱이며 대답했다.

"그렇긴 한데, 내 경우는 조금 달라서 그래. 나는 표적이 너
무 약해서 전력을 다하지 않는 경우가 자주 있거든."

흑표는 보란 듯이 고개를 갸웃했다.

"말만 들어서는 잘 모르겠네요."

흑룡이 자리를 털고 일어나며 말했다.

"한번 볼래?"

흑표는 마다할 이유가 없었다.

안 그래도 직접 보기 위해 말만 들어서는 모르겠다고 한 것

이었다.

"좋아요. 후원 수련장이죠?"

"응, 가자."

흑룡이 짧게 대답하며 앞장서서 밖으로 나갔다.

흑도천상회에는 대소 백여 개의 문파들이 웅거했고, 그 속

에서 쾌활림에게 할당된 지역은 흑도천상회의 북쪽 끝에 자리

한 세 개의 전각과 열두 개의 목옥, 그리고 별채처럼 따로 울

타리까지 꾸며진 네 채의 모옥이었다.

그중 흑룡의 거처는 사도진악과 마찬가지로 네 개의 별채

중 하나인 모옥이었는데, 작은 앞마당이 있는 전면은 그저 울

타리지만 제법 넓게 꾸며진 후원은 족히 일 장을 넘기는 높은

담이고, 누각처럼 하늘도 지붕으로 가려져 있어서 연무장으로

사용하기 좋았다.

애초에 그런 용도로 쓰도록 꾸며 놓은 후원인 것이다.

그런데 흑룡의 거처인 모옥의 후원은 다른 별채들이 가진

후원과도 또 다르게 꾸며져 있었다.

우선 담과 지붕 사이의 공간마저 막아서 실내와 다름없는 공

간이었다.

또한 모옥의 뒷문과 벽이 자리한 방향을 포함한 사방과 천장이 전부 다 강철판으로 도배되어 있었다.

무공광인 흑룡이 후원을 완벽한 연무실로 개조해 놓은 것이다.

흑룡의 뒤를 따라서 후원 아닌 후원인 그곳으로 들어선 흑표는 의지와 무관하게 절로 눈살을 찌푸렸다.

한두 번 들어와 본 것이 아님에도 그는 볼 때마다 매번 절로 그렇게 되었다.

그는 흑룡이 이처럼 치열하게 무공을 익히는 것 자체가 마뜩찮았다.

그런 그의 마음을 알 길 없는 흑룡이 신나서 말했다.

"보다시피 전에 쓰던 건 저거야. 저것도 나름 어렵게 구한 건데, 도무지 너무 약해서 못 쓰겠더라고."

흑룡이 설명하면서 손으로 가리킨 건 저편 벽 한쪽에 쌓아 있는 돌무더기였다.

기실 흑표는 보지 않고도 알 수 있었다.

바로 흑룡이 무공 수련을 할 때 표적으로 사용하던 청석판의 조각들이었다.

그리고 흑표는 말해 주지 않아도 알고 있었다.

지금은 자갈처럼 작은 돌조각인 저것의 본래 모습은 직경이 한 자가 넘는 청석판이었다.

흑룡은 어지간한 고수가 전력을 다해도 깨뜨리기 어려운 크기의 청석판을 하루가 멀다 하고 산산조각 내기 일쑤였다.

그것도 자기 딴에는 조심조심 수련한다고 하면서도 말이다.

"……하지만 이놈이라면 사나흘은 너끈히 버틸 거야. 이제 적어도 사나흘은 표적을 구하지 않아도 되고, 그만큼 시간을 허비하지 않아도 되니, 내 경지도 빠르게 올라갈 수 있을 테지."

저편 벽에는 거무튀튀한 철벽 하나가 세워져 있었다.

바로 흑목이 어렵게 구했다는 한철판이었다.

그러나 흑표는 그 한철판의 위용보다는 그 한철판으로 다가가서 아기를 다루듯 부드럽게 쓰다듬으며 하는 흑룡의 말이 더욱 놀랍고, 당황스러웠다.

방금 흑룡은 이제 적어도 사나흘은 새로운 표적을 구하지 않아도 된다고 했다.

그 말인 즉, 사나흘 후에는 또다시 새로운 표적을 구해야 한다는 소리 아닌가.

'저 한철판도 사나흘 만에 앞선 청석판들처럼 박살 날 거라고?'

흑표는 어처구니가 없었다.

굳이 따지면 그 역시 작심하고 나서면 가능한 일이긴 했다.

하지만 사흘은 무리였다.

최소한 나흘의 시간은 필요하고, 그것도 그가 이를 악물고 사력을 다해야 가능한 일이었다.

'그런데 단순히 수련을 하면서 사흘 만에……?'

흑표는 지고지순한 인내를 발휘해서 그런 속내를 감추며 애써 태연하게 말했다.

"그 한철판이 나흘도 못 버틴다니 정말 놀랄 노자네요. 말만 가지고는 당최 지금 형님의 경지가 어느 정도인지 감이 오지 않으니, 어서 봅시다. 내가 또 형님의 수련을 보고 자란 몸이라, 형님이 펼치는 무공을 견식하고 수련에 많은 도움이 된다면 나중에 단단히 한턱내지요."

"좋지. 그럼 잘 봐라."

흑룡이 마다하지 않고 뒤로 물러나서 태세를 갖추었다.

정석적인 마보를 밟으며 두 손바닥을 가슴 앞에 모으는 그의 전신이 검붉은 기운이 서린 잿빛 서기에 뒤덮였다.

흑표도 익히고 있는 암명신공의 발현인데, 최소한 구 성에 달하는 경지로 보였다.

흑표는 지그시 어금니를 악물었다.

이제 보니 흑룡은 암명신공 역시 그보다 한 단계 윗길에 있는 것이다.

'미련한 새끼가 어떻게 무공은 저렇게……!'

흑표가 의지와 무관하게 속으로 욕하는 사이, 흑룡이 가슴 앞에 합쳐져 있던 두 손을 공처럼 말아 쥐면서 우측 허리로 당김과 동시에 한 발을 크게 내딛으며 앞으로 뻗어 냈다.

순간!

휘우우웅―!

불붙은 아름드리나무가 통째로 휘둘러지는 듯한 파공음과 함께 벼락처럼 강력하게 타격음이 터졌다.

빠악—!

엄청난 타격음으로 인해 사방 벽이 부르르 흔들렸다.

그 순간에 가로세로 아홉 자의 한철판에 그림처럼 선명한 손도장이 찍혔다.

얼핏 봐도 족히 여섯 치 이상 안으로 파고 들어간 손도장이었다.

흑표는 절로 눈이 커졌다.

흑룡의 말은 거짓이 아니었다.

저 정도 위력은 팔성의 경지인 자신의 암명신장으로는 절대 가당치 않았다.

'어쩌면 구성의 경지로도……!'

아무리 생각해도 그랬다.

흑룡의 경지는 구 성의 경지를 넘어서 대성을 목전에 두고 있는 것 같았다.

방금 흑룡이 전력을 다한 것으로 보이지 않았기에 더욱 그렇게 생각할 수밖에 없었다.

"어때? 약간 힘을 빼긴 했지만, 거의 구 할의 전력인데, 괜찮지?"

흑표는 대답 대신 속으로 다른 생각을 했다.

'지금 죽일까?'

그간 그는 단 한 번도 진심으로 흑룡을 대형이라고 생각해 본 적이 없었다.

그저 필요해서 대형이라고 부를 뿐이었고, 실제로 어르고 타이르며 필요한 일에 투입해서 쓰고 있었다.

그런데 그때마다 늘 걸리는 것이 이것이었다.

놈은, 흑룡은 이상하리만치 무공의 진보가 빨랐고, 그는 그게 못내 거슬렸다.

'사부님은 반대할 테지만……!'

그래도 상관없었다.

일단 죽이고 나서 보고하면 사부도 크게 나무라지 않을 터였다.

흑룡은 일개 소모품에 불과하고, 사부에게 그 말고는 다른 대안이 없기 때문이다.

그리고 지금의 그에게는 흑룡을 죽일 능력이 있었다.

지금의 그에게는 사부의 무공은 아니지만, 사부가 사사해준 비기가, 이른바 패도적이기로 고금을 통틀어 손꼽힌다는 희대의 마학(魔學)이 있는 것이다.

'더 크기 전에……!'

흑표가 그런 생각을 하며 은연중에 전신의 공력을 끌어 올리는 순간이었다.

그의 뒤쪽에서 불현듯 누군가의 목소리가 들려왔다.

"여기 있었구나."

흑표는 놀라서 그대로 굳어져 버렸다.

그럴 수밖에 없었다.

사부 사도진악의 목소리였다.

"아니, 이 시간에 무슨 일로……?"

"오셨습니까, 사부님!"

흑표는 은연중에 끌어 올리던 내공을 재빨리 잠재우고 돌아서서 공수하며 고개를 숙였다.

평소 공수를 해도 절대 시선을 피하지 않는 그가 고개를 숙인 것은 순전히 상대가 다른 누구도 아닌 사부 사도진악이었기 때문이다.

사부 사도진악은 세상 그 누구보다도 예리한 사람이라 시선을 마주하면 여지없이 그의 속내가 들어날 것 같은 두려움이 들었다.

그에 반해 어쩐 일로 왔느냐는 물음으로 인사를 대신한 흑룡은 그저 멀뚱히 바라만 보고 있었다.

건방지게도 왜 남의 시간을 방해하느냐는 투였다.

천하에 오직 흑룡만이 사도진악을 지금처럼 대했다.

아니, 대할 수 있었다.

무식하면 용감하다는 식으로 미욱한 머리로 인해 세상 그 누구에게도 격식을 따지지 않고 마음대로 대하는 것이 흑룡이고, 사부 사도진악도 아무런 거부감 없이 그것을 인정해 주었기 때문이다.

물론 오늘도 예외가 아니었다.

"지나던 길에 잠시 들렀다."

사도진악은 더 없이 정중히 공수하는 흑표가 아니라 왜 왔냐고 스스럼없이 묻는 흑룡을 바라보며 대답하고 있었다.

흑표는 깊이 고개를 숙이고 있어서 사도진악의 행동을 제대로 볼 수 없었음에도 그 정도는 능히 느낄 수 있을 정도의 고수였다.

그래서 새삼 찾아든 질투로 말미암아 속이 거북해지는 참인데, 그 순간에 사부 사도진악의 시선이 그에게 돌려졌다.

흑표는 절로 흠칫했다.

본능적으로 느낀 사부 사도진악의 시선이 서릿발처럼 싸늘하다는 것을 감지했기 때문이다.

아니나 다를까, 곧바로 나온 사도진악의 목소리는 눈초리보다도 더 싸늘했다.

"한데, 너는 아직도 공과 사를 구분하지 못하는 게냐? 언제 어느 때 어느 곳에서든 그곳이 공적인 자리라면 내 너의 사부가 아니라고 신중히 일렀거늘, 어느새 벌써 잊은 게야?"

"……!"

흑표는 절로 등줄기가 서늘해지고 이마에 식은땀이 배며 하얗게 질려 버렸다.

실수였다.

흑룡을 처리하려고 마음먹은 시점에 느닷없이 사부 사도진악이 나타나는 바람에 긴장한 나머지 공식적인 사부 사도진악의 제자는 오직 세 명뿐이라 흑룡과 그를 포함한 그 누구도 공식적인 자리에서는 사도진악을 사부로 부를 수 없다는 사실을 깜박 잊어버렸다.

대체 왜 그래야 하는 건지, 또 그게 무슨 차이가 있는지 모르겠으나, 그게 사부 사도진악의 명령인 이상, 하늘이 무너져도 지켜야 하는 것이다.

그게 제아무리 사소한 것일지라도 사부 사도진악의 명령을 어긴 죗값은 목숨으로 대신해야 하기 때문이다.

"죄, 죄송합니다, 주군!"

흑표는 재빨리 바닥에 한무릎을 꿇고 머리를 조아렸다.

"대형과의 대화에 심취한 나머지 그만 죽을죄를 짓고 말았습니다! 부디 너그럽게 용서해 주십시오, 주군!"

흑룡이 분위기와 어울리지 않게 웃는 낯으로 그를 거들었다.

"우리 아우 과장이 심하기도 하지. 그 정도가 무슨 죽을죄라고…… 사람이 다른 것에 몰두하다 보면 그런 실수야 다반사로 일어나는 건데, 너무 그러지 마. 앞으로 안 그러면 되잖아. 안 그렇습니까, 주군?"

사도진악이 잠시 뜸을 들이다가 말했다.

"하긴, 그렇기도 하지. 볼썽사납게 그러지 말고 어서 일어나라. 네 대형인 흑룡의 말마따나 앞으로 주의하고."

"감사합니다, 주군!"

흑표는 새삼 깊이 머리를 조아리는 것으로 감사를 표하고 일어나서 슬쩍 흑룡을 일별했다.

고마운 눈빛이 아니라 분한 눈빛이었다.

분명 도움을 받았지만 눈곱만큼도 고맙지 않았다.

오히려 짜증나고, 분하고, 화가 치밀었다.

이건 마치 그가 저 미욱하기 짝이 없는 흑룡보다 자신이 더 못한 것 같지 않은가.

저 바보멍청이 흑룡은 단지 실수를 할까 봐 겁난다는 이유로 공석이든 사석이든 언제나 늘 사도진악을 사부가 아닌 주군으로만 호칭하고 있어서 실수할 일이 없었을 뿐인데 말이다.

'멍청한 것이 감히 누굴 돕겠다고……!'

흑표가 의지와 무관하게 속으로 이를 가는 참인데, 슬쩍 고개를 끄덕이는 것으로 대답을 대신한 사도진악이 새삼스러운 눈빛으로 그와 흑룡을 번갈아 보며 말문을 돌렸다.

"그건 그렇고, 지금 대체 둘이서 무엇을 하고 있었던 게냐? 길을 가다 보니 지축이 흔들릴 정도의 여파가 느껴지던데, 혹시 둘이 비무라도 하고 있었던 게냐?"

흑룡이 미욱하게 웃으며 대답했다.

"아닙니다, 주군. 흑표 아우가 저의 경지를 보면 수련에 도움이 된다고 해서 잠시 시연을 하고 있었을 뿐입니다. 하하!"

"그래?"

사도진악이 그러냐는 듯 고개를 끄덕이다가 이내 저편 벽에 놓인 거대한 한철판을 발견하며 눈을 빛냈다.

"암명신장을 시연했던 게로구나."

"예, 제가 수련을 위해서 새로 구한 물건입니다. 조금 전에 해 보니 정말 쓸 만합니다. 손으로 전해지는 반탄력이 상당해서 단순히 경지를 끌어 올리는 것만이 아니라 수위를 조절하는 능력을 익히는 것도 상당한 도움이 될 것 같습니다. 그리고 보시다시피……."

흑룡이 사정을 설명하고는 말미에 한철판에 깊숙이 파인 자신의 손자국을 가리키며 자랑했다.

"제법 늘었죠, 제가?"

사도진악이 무심하게 흑룡의 말에 호응하지 않고 외면하며 한쪽 구석에 쌓인 대여섯 개의 가마니를 가리켰다.

"저건 또 뭐냐?"

"아, 저거요!"

흑룡이 반색하며 쪼르르 달려가서 가마니 하나를 열어서 안에 담긴 것을 내보였다.

가마니 안에는 쇠구슬이 가득 담겨져 있었다.

"이건 암혼사멸지를 수련할 때 쓰려고 구한 겁니다. 전엔 그냥 자갈을 사용했는데, 팍팍 터지는 맛이 있어서 재미는 있지만 효과가 별로예요. 아무리 노력해도 구성의 경지를 벗어나지 못하더라고요. 해서, 큰돈 주고 구했습니다. 아직 해 보지 않아서 얼마나 효과가 있을지는 모르지만, 설마 자갈보다 못하지 않겠죠."

사도진악이 불쑥 말했다.

"어디 한번 보자. 정말 효과가 있는지 없는지."

"예?"

"암혼사멸지 말이다. 저걸 가지고 어떻게 수련하려는 건지 한번 시연해 보라고."

"아, 예."

흑룡이 실로 미욱하게도 처음에는 너무도 뻔한 사도진악의 말을 제대로 알아듣지 못하고 뒷머리를 긁적이다가 직접적으로 암혼사멸지를 언급하고 나서야 알아듣고는 신나서 나섰다.

그러고는 두 손을 모아서 가마니에 담긴 쇠구슬을 가득 퍼 가지고 와서는 사도진악과 흑표에게 나누어 주었다.

"그럼 이거 좀 도와주세요. 아우도."

사도진악이 물었다.

"네게 던지라는 거냐?"

흑표도 같은 생각이 들어서 흑룡을 빤히 바라보았으나, 그게 아니었다.

흑룡이 히죽 웃으며 말했다.

"저를 향해 던지는 게 아니라 그냥 한꺼번에 뿌려 주시면 됩니다. 제가 뿌려 달라고 할 때요. 아우도 내가 말하면 뿌려. 아무렇게나."

사도진악과 흑표가 이채로운 눈빛을 드러냈다.

이제야 어떤 식으로 수련하는지 알아차린 것인데, 놀라움이 드러난 눈빛이기도 했다.

흑룡이 그들에게 전해 준 쇠구슬이 각기 수십 개나 되었던 것이다.

흑룡이 그런 그들의 반응과 상관없이 저만치 뒤로 물러나서 태세를 갖추었다. 그리고 한순간 외쳤다.

"지금!"

사도진악과 흑표가 수중의 쇠구슬을 사정없이 뿌렸다.

마치 우박이 쏟아지는 것과도 같은 광경이었다.

태세를 갖추고 있던 흑룡이 때를 같이해서 춤을 추었다.

두 손이 어지럽게 흔들리는 그 춤사위 아래 백색의 광체로 이루어진 수십 개의 아니, 수백 개의 선이 사방으로 뻗쳤다.

빠바바바박-!

뒤늦게 메마른 폭발음이 꼬리를 물고 이어졌다.

동시에 사도진악과 흑표가 뿌린 쇠구슬이 일시지간에 폭발해서 산산조각 나는 장관이 연출되었다.

실로 놀라운 일이었다.

사도진악과 흑표가 뿌린 쇠구슬의 대부분은 흑룡을 향해서 뿌려졌으나, 전혀 엉뚱한 방향으로 날아가는 쇠구슬도 적지 않았다.

그런데도 흑룡은 그 모든 쇠구슬을 한순간에 발휘한 암혼사멸지로 하나도 빠짐없이 전부 다 명중시켜서 산산조각 내 버린 것이다.

그러나 흑표가 놀라고 당황한 것은 그것만이 아니었다.

사도진악과 흑표가 흑룡을 향해서 흩뿌린 쇠구슬 중 상당수
는 그들의 시야로 떨어진 상태였고, 흑룡이 펼친 암혼사멸지는
그 쇠구슬을 산산이 박살 내 버리고도 힘이 남아 있었다.

즉, 쇠구슬을 박살 낸 흑룡의 암혼사멸지가 본의 아니게 사
도진악과 흑표를 향해 쏘아졌던 것이다.

"헉!"

흑표는 그 순간에 절로 헛바람을 삼켰다.

이래저래 갑작스러운 상황에 엮이다 보니 평소의 그 답지
않게 정말 바보처럼 당연히 예상했어야 할 상황을 무심코 간
과해 버리는 바람에 실로 졸지에 당하는 상황이라 피할 엄두
조차 내지 못했다.

그런데 그때였다.

타타타닥−!

흑표의 전면에서, 정확히는 그와 사도진악의 전면에서 폭음
이 터지며 불꽃이 튀었다.

본의 아니게 그들을 향해 쏘아진 흑룡의 암혼사멸지가 무
언가 보이지 않는 막에 막힌 것이다.

바로 사도진악이 펼친 호신강기였다.

흑표는 뒤늦게 그것을 깨달으며 얼굴을 붉혔다.

의지와 무관하게 절로 자라처럼 당겨진 목과 한껏 움츠러들

었던 어깨가 너무나도 창피해서 죽을 것만 같았다.

그 와중에도 사도진악은 눈 하나 깜짝하지 않고 무심하게 서 있었다.

그 모습을 힐끗 바라보는 흑표의 눈에는 경이에 이어 좌절 감이 떠올랐다.

그때 흑룡의 목소리가 들려왔다.

"어떻습니까, 주군. 이것도 제법 쓸 만하지요?"

흑룡은 방금 전 자신이 어떤 실수를 저질렀는지도 전혀 모르는 듯 해맑은 모습이었다.

'저런 미련퉁이가 어떻게 그런 신기를 익힐 수 있는 거지?'

흑표는 이래저래 새삼 분하고 황당하며 억울해서 가슴 저 깊은 곳에서부터 뜨거운 울화가 치밀어 올랐다.

그러나 사부 사도진악은 아무렇지도 않은 것 같았다.

방금 전에 무슨 일이 있었냐는 듯 태연하게 웃는 낯으로 흑룡의 말을 받고 있었다.

"그래, 제법 쓸 만하구나. 조금만 더 정진하면 대성을 이룰 수 있겠다."

흑표는 멍해져서 입을 닫았다.

사부 사도진악도 용인하고 넘어간 마당에 그가 화를 낼 수는 없었다.

지금 화를 낸다면 속 좁은 바보가 되는 것은 둘째 치고, 사부 의 심중도 헤아리지 못하는 멍청한 제자가 되는 것이다.

'대신 이 치욕은 언제고 기필코 갚아 주마!'

흑표가 그렇게 다짐하며 애써 진정하는 참인데, 미워하기만 한 것이 아니라 눈치도 없는 흑룡이 그를 향해 웃는 낯으로 물었다.

"사제는 어때? 어떻게 도움이 좀 됐나?"

흑표는 불타는 속을 애써 감추며 엄지손가락을 치켜세웠다.

"물론이지. 실로 대단하네. 내 수련에 많은 참고가 될 것 같아. 정말 고마워, 대형."

"고맙기는 무슨……. 도움이 됐다니, 다행이다. 하하!"

흑룡이 별소리를 다한다는 듯 손을 내저으며 기분 좋게 웃었다.

흑표의 칭찬에 한껏 고무된 모습이었다.

흑표는 그 모습이 정말 보기 싫어서 빨리 자리를 떠나고 싶었다.

그때 사부 사도진악이 나서며 마치 그의 속내를 읽은 것처럼 돌아서며 말했다.

"아무튼, 잘 봤다. 흑룡은 계속 정진하고, 흑표는 나를 따라와라. 안 그래도 시킬 일이 있어서 너의 거처를 가던 중이었느니라."

흑룡은 늘 그렇듯 건방져 보일 정도로 가볍게 공수하는 것으로 사도진악을 배웅했고, 흑표는 새삼 긴장된 표정으로 돌아가서 조심스럽게 사도진악의 뒤를 따랐다.

사도진악을 따라서 밖으로 나온 흑표는 조심스럽게 뒤로 붙으며 물었다.

"무슨 일이십니까, 주군?"

사도진악은 대답 대신 밑도 끝도 없이 불쑥 다른 말을 꺼내며 물었다.

"흑룡은 지금이라도 내 말 한마디면 얼마든지 스스로 자신의 목을 베어 버릴 충직한 녀석이다. 흑표, 너는 어떠하냐?"

흑표는 갑작스러운 질문에 놀라고 당황했으나, 애써 침착하게 실수하지 않고 대답했다.

"저도 그렇습니다, 주군! 주군이 지금 당장 죽으라시면 얼마든지 죽을 수 있습니다!"

"그래?"

사도진악이 픽 웃었다.

흑표는 정말 기분이 좋아서 웃는 것인지 아니면 비웃는 것인지 알 수 없어서 답답했다.

사도진악이 그런 그의 마음을 아는지 모르는지 새삼 웃는 낯으로 덧붙여 말했다.

"그렇다면 지금부터 이 사부가 하는 말을 잘 듣고 명심해라."

흑표는 숨이 턱 막히는 기분이었다.

사도진악의 입에서 사부라는 말이 나왔기 때문이다.

"예, 알겠습니다."

사도진악이 말했다.

"흑룡은 이 사부의 무기다. 그것도 절대 쉽게 구할 수 없는 무기다. 그리고 언젠가는 너의 무기가 될 거다."

흑표는 새삼 숨이 턱 막혔다.

지금 사부 사도진악의 말이 무슨 뜻인지 익히 헤아릴 수 있었기 때문이다.

사부 사도진악은 지금 그를 명실공히 진짜 후계자로 생각하고 있는 것이다.

사도진악이 그렇게 가슴 벅찬 그에게 비수처럼 예리한 한마디 당부를 더해 주었다.

"그러니 죽이지 마라!"

흑표는 하늘이 무너지고 땅이 꺼져도 사도진악의 명령을 절대 거역할 수 없었다.

그건 사도진악의 감언이설에 속아서도 아니고, 사부라서 인정하거나 존경해서도 아니었다.

오직 두려워서였다.

흑표는 사도진악이 정말 두려웠다.

단순히 강하기 때문이 아니었다.

세상 그 누구보다도 잔인무도한 사람이기 때문이다.

세상 누구도 모르는 그 비밀을 오직 그만은 익히 잘 알고 있었다.

사도진악은 사람의 피를 마시고, 사람의 피로 목욕을 하는 사람이었다.

수시로 동남동녀를 죽여서 그들의 정기를 취하는 것은 아무 것도 아니었다.

한 번에 백여 명의 산모의 배를 갈라서 빼낸 태아의 핏물에 잠겨서 운기조식을 하는 경우도 있었다.

동남동녀의 정기는 내공을 증강시키고, 새로운 생명인 태아의 염원은 보다 더 강력한 마력을 가져다준다는 이유에서였다.

그러나 어떤 이유에서든 간에 그걸 내색할 수는 없었다.

그걸 내색하는 순간 그는 사도진악의 눈 밖에 나게 되고, 그건 그의 인생이 끝나는 것을 의미했다.

사도진악의 눈 밖에 난 사람이 어떻게 되는지를, 정확히는 어떻게 제거되는지를 그는 그간 수도 없이 목도했었다.

다만 흑표도 그리 호락호락하지 않았다.

적어도 감이 떨어지기만을 기다리며 입만 벌리고 있을 사람이 아니었다.

나무를 직접 오를 생각까지는 아니더라도 떨어지는 감도 받아 낼 수 있는 능력이 없으면 안 된다는 것쯤은 아는 사람이었다.

사도진악과 헤어진 그가 남몰래 흑도천상회의 영내를 벗어

나서 모처로 발길을 서두른 이유가 거기에 있었다.

흑도천상회와 그리 멀리 떨어지지 않은 산중에 자리한 협곡이었다.

밤은 공평하게 대지를 적셔서 가뜩이나 낮에도 햇볕이 들기 어려울 정도로 숲이 우거져 어두운 협곡의 내부를 더욱 까맣게 색칠해 놓았으나, 그것이 흑표의 발걸음을 막을 수는 없었다.

그 정도는 되는 고수가 그였다.

어둠을 뚫는 시야 정도는 이미 오래전에 성취한 것이다.

그러나 그런 흑표도 협곡의 끝에 자리한 작은 모옥의 불빛이 저만치에서 보이기 시작하면서부터는 절로 거부감이 들어서 오만상을 찡그렸다.

모옥의 불빛과 더불어 당최 익숙해지지 않아서, 아니, 익숙해질 수 없어서 언제 맞아도 절로 비위가 상하는 피 비린내가 콧속으로 물씬 풍겨 왔기 때문이다.

'이 새끼들 또……!'

흑표는 짜증이 나서 미간을 한껏 찌푸리며 발길을 재촉했다.

모옥의 불빛과 가까워질수록 피 비린내는 더욱 강렬해졌고, 그에 따라 그의 짜증도 배가 되었다.

그리고 마침내 낮은 울타리 안에 자리한 모옥의 앞마당이 눈에 들어오자, 그의 짜증은 살기로 바뀌었다.

모닥불이 피워진 모옥의 앞마당에는 여섯 명의 사내가 옹기종기 둘러앉아서 희희낙락하며 무언가를 먹고 있었다.

그들의 곁에 자리한 도마에 놓인 사람의 잘려진 머리와 검붉은 내장덩어리, 그리고 모닥불에 걸려서 펄펄 끓는 솥단지 위로 삐죽이 나온 사람의 손과 발이 지금 그들이 먹고 있는 것이 무엇인지 말해 주고 있었다.

인육(人肉), 바로 사람 고기였다.

"어……?"

뒤늦게 흑표를 발견한 사내 하나가 놀라서 일어나며 옆의 사내들을 밀쳤다.

다른 사내들이 그제야 흑표의 방문을 알고는 재빨리 씹고 있던 뼈와 살을 뱉어 내며 후다닥 일어나 모닥불 앞에 시립했다.

흑표는 그런 그들 앞으로 나가서며 싸늘하게 일갈했다.

"내가 여기서는 해 먹지 말라고 했지!"

"죄송합니다."

사내 하나가 대표로 사과했다.

그러나 말로는 죄송하다고 하면서 전혀 죄송해하는 기색이 아니었다.

그만이 아니라 다른 사내들도 같았다.

저마다 멋쩍은 표정으로 뒷머리를 긁적이며 딴청을 부리고 있었다.

다들 자신들의 행동을 미안해하는 기색이 아니고, 흑표의 분노에 겁을 먹은 표정도 아니었다.

태도는 공손해도 다들 눈빛에 정상적인 사람의 그것과 다른 광기 같은 것이 서려 있어서 더욱 그렇게 보였다.

흑표는 짜증이 살기로 바뀌었지만, 애써 내색하지 않고 참았다.

어디 입에 맞는 떡을 구하기가 쉽겠는가.

지금 그의 눈앞에 고개 숙인 사내들, 광천구야차(狂天九夜叉)의 여섯은 식인을 하는 습관만 제외하면 그가 독자적인 세력을 구축하기로 마음먹고 남몰래 거둔 수하들 중에서도 상위 서열에 속하는 고수들인지라 쉽게 내치기에는 아까운 면이 없지 않아 있었다.

"오늘이 마지막이다. 한 번만 더 여기서 사람 고기를 먹는 게 내 눈에 띄면 아주 죽는다."

"예……."

광천구야차의 여섯이 그저 그의 시선을 피하며 대답하는 참인데, 모옥의 뒤쪽에서 대머리인 중늙은이 하나가 후다닥 달려 나오며 공수했다.

"오셨습니까. 죄송합니다. 다음부터는 절대 여기서 먹지 못하도록 제가 단속할 테니, 오늘은 그만 화를 푸시고 너그럽게 용서해 주십시오."

처음으로 수하답게 용서를 비는 대머리 중늙은이는 바로 광천구야차의 대형인 소면야차(素面夜叉)였다.

흑표는 늘 그렇듯 말이 통하는 소면야차에게 나머지 광천구야차에 대한 경고를 전했다.

"내가 진심으로 너희들을 죽이기 아까워서 다시 한번 말해 주는데, 너희들 식성 존중해. 먹고 싶으면 얼마든지 먹어. 단, 내 눈에 띄지 마. 이번이 정말 마지막 경고다. 알겠지?"

소면야차가 거듭 공수하고 고개를 숙이며 대답했다.

"명심 또 명심하고, 다시는 이런 일이 없도록 하겠습니다. 믿어 주십시오."

흑표는 믿지 않았다.

하지만 부정하지 않고 수긍하는 것처럼 고개를 끄덕였다.

경고는 충분하고도 남았다.

늘 그렇듯 다음에도 같은 일이 반복되면, 정확히는 다음에도 같은 일이 반복되는 것을 봤을 때 죽이고 싶은 생각이 들면 그냥 죽이면 그만이었다.

광천구야차가 죽이기 아까운 녀석들이긴 하나, 기본적으로 지금과 같은 일과 전혀 무관하게 그저 기분이 내키지 않으면 얼마든지 죽여서 없애 버릴 수 있는 사람이 그였다.

"그래, 믿지. 내가 소면야차 너를 믿지 않으면 또 누굴 믿겠나."

"감사합니다, 주군."

"어허, 또 실수한다. 아직 내게 주군이라는 소리는 일러. 표 공자로 족해. 잊지 마."

"아, 예, 표 공자."

소면야차가 재빨리 말을 바꾸며 거듭 고개를 숙였다.

흑표는 아직은 아니라는 말과는 달리 이미 적잖게 기분이 풀려서 물었다.

"애들은 얼마나 구해 놨어?"

소면야차가 자신만만하게 웃으며 방금 전 자신이 나왔던 모옥의 뒤쪽을 향해 손을 뻗었다.

"안으로 드시지요. 마침 조금 전에 쓸 만한 애들로 열 명을 채웠습니다."

"그래?"

흑표는 만족한 표정으로 소면야차가 가리킨 모옥의 뒤로 돌아갔다.

모옥의 뒤에는 또 하나의 모옥이 자리하고 있었다.

소면야차가 재빨리 나서서 그 모옥의 문을 열어 주었다.

흑표는 소면야차가 열어 준 문을 통해서 모옥의 안으로 들어갔다.

소면야차가 문을 닫고 그 앞에 쭈그리고 앉았다.

이제 그는 흑표가 밖으로 나올 때까지 그렇듯 문 앞에 쭈그리고 앉아서 기다릴 터였다.

그게 그간 흑표가 왔을 때 그가 하던 임무였다.

그때 모옥의 방으로 들어간 흑표는 만족한 미소를 짓고 있었다.

제법 넓은 모옥의 방에는 열 명의 소녀가 구석에 한데 모여 앉아 있었는데, 그가 들어서자 두려운 눈빛으로 바라보았다.

하나같이 열 살 전후의 어린 소녀들이었다.

"괜찮아. 두려워할 필요 없다. 나는 너희를 헤치려는 게 아니라 도우려는 거다. 그러니 이쪽으로 와라."

흑표의 목소리에는 듣는 사람의 가슴을 울렁이게 만들 정도로 묘한 힘이 담겨져 있었다.

두려운 눈빛으로 흑표를 바라보던 소녀들이 몽롱한 눈빛으로 변해서 슬금슬금 방의 중앙으로 나섰다.

흑표의 목소리에 담긴 힘에 홀린 것이다.

더 없이 흡족한 미소를 지은 흑표는 소녀들이 지근거리로 다가오자 즉시 내공을 운기하며 두 손을 내밀었다.

순간, 그의 손에서 뿜어진 검은 기운이 소녀들을 전신을 휘감았다.

그러자 소녀들이 시간을 빠르게 맞이하는 것처럼 급격히 말라 갔다.

흑표가 남몰래 익힌 절대마공인 유마옥령공(九幽玉靈功)의 기운이 소녀들의 생기를 흡수하고 있기 때문이었다.

소녀들에게 거부할 권리는 없었다.

의지와 무관하게 자신들의 생기를, 바로 생명을 빼앗긴 소녀들은 빠르게 말라비틀어져서 마른 나뭇가지처럼 변해 버렸다.

그렇게 어린 소녀들의 생기를 포식한 흑표는 곧바로 운기행공에 들어갔다.

츠츠츠츠ㅡ!

흑표의 전신이 대번에 선홍빛 안개에 휩싸였다.

그처럼 그의 전신이 은은한 홍광을 발하는 가운데, 코에서는 하얀 김이 뿜어졌다가 다시 들어가기를 반복했다.

유마옥령공이 십 성의 경지로 들어서야 볼 수 있는 광경이었다.

이런 식으로 한 달에 두세 번씩 소녀들을 희생시키면서 수련을 계속하면 그는 머지않아 십이 성의 경지에까지 다다르게 될 것이고, 그때는 사부 사도진악의 경지와 어깨를 나란히 할 수 있다는 것이 그의 생각이었다.

무엇보다도 그때가 되면 그는 설령 십대고수의 정점에 선 고수라고 할지라도 능히 상대할 수 있을 것이라고 그는 내심 기대하고 있었다.

인간병기人間兵器 (2)

지금 수련하고 있는 무공만 대성한다면 천하십대고수의 정점에 선 고수라고 할지라도 능히 상대할 수 있을 것이라고 기대하는 사람이 여기도 있었다.

　구양세가의 장남인 십전옥룡 구양일산이었다.

　지금 거처인 방에서 가부좌를 틀고 앉은 구양일산의 전신은 한 겹 서릿발에 덮여서 싸늘한 냉기를 발산했고, 입과 코는 서로 빠르게 왕래하는 희뿌연 서기로 연결되어 있었다.

　평소 그가 밤이 되면 하루도 빠짐없이 몰두하는 운기행공이 막바지에 이른 모습이었다.

　다만 오늘의 그는 여기서 멈추지 않고 조금 더 깊은 무아지경으로 빠져들기 위해서 노력했다.

이유가 있었다.

지금 그는 어렵게 구한 다량의 영약을, 그것도 하나하나가 무가지보에 해당하는 영약을 복용하고 운기행공에 들었고, 아직 그 영약의 기운을 다 소화하지 못한 상태였다.

그때였다.

구양일산이 소주천에 이어 대주천을 끝내고 단전에 응축되어 있는 영약의 기운을 마치 혀로 핥듯 더 없이 부드럽게 진기로 감싸는 참인데, 갑자기 다가오는 인기척이 느껴졌다.

지금의 그는 운공에 빠진 상태에서도 주변의 변화를 민감하게 주시하며 의식하지는 않는, 하지만 막상 주변에 변화가 일어나면 바로 포착하고 대응할 수 있는 상태로 운기행공을 하고 있었던 것이다.

'누가 이 시간에……?'

구양일산은 즉각 운기행공을 멈추고 눈을 떴다.

그리고 싸늘한 눈빛으로 문을 바라보았다.

"누구냐?"

비약까지는 아니더라도 상당한 진보를 볼 것이라고 기대하던 운공을 중도에 그치는 바람에 적잖게 짜증 난 그의 감정이 목소리에 담겨 있었다.

그러나 문밖에서 들려온 목소리는 더 없이 차분했다.

"사노(邪老)입니다."

순간, 구양일산의 눈빛에 드러났던 짜증이 거짓말처럼 사라졌다.

대신 이목구비가 뚜렷한 미남자라 실제 나이인 서른두 살보다 한참 어린 약관의 청년으로 보이는 그의 얼굴에 웃음꽃이 피어났다.

반가움이었다.

오랜 가신인 사노는 또 한 사람의 가신인 화노(火老)와 더불어 어린 시절의 그를 돌보던 노복인지라 그가 조부만큼이나 믿고 의지하는 사람이었다.

"들어와."

문은 열리지는 않았으나, 사노가 홀연히 그의 면전에 나타났다.

그의 허락을 받기 위해서 문밖에 잠시 머물렀을 뿐, 사노에게는 그 어떤 경계도 걸림돌이 되지 않는 것이다.

"소주를 뵙습니다. 그간 별고 없으셨는지요."

오십 대 전후의 청수한 학자처럼 보이지만, 실제는 백 살에 달한 사나운 전사인 사노는 늘 그렇듯 더 없이 정중하게 포권의 예를 취했다.

"나야 뭐 늘 그렇지."

구양일산은 대충 인사를 받으며 재우쳐 물었다.

"그보다, 사노와 화노는 할아버지 심부름을 다니느라 정신 없이 바쁘다고 들었는데, 무슨 일로 나를 다 찾아온 거야?"

"수상쩍은 일이 발생해서 알려 드리려 왔습니다."

"그래?"

구양일산은 절로 눈을 빛냈다.

할아버지가, 바로 구양세가의 전대 가주인 신도귀명 구양청이 사노를 보내서 알려 줄 정도의 일이라면 보통 사건은 아니라는 생각이 들어서였다.

"무슨 일인데?"

사노가 말했다.

"흑선궁과 쾌활림의 본거지가 어젯밤에 불타서 잿더미가 되었습니다."

"뭐, 뭐라고?"

구양일산은 너무 놀라고 당황한 나머지 절로 자리를 박차고 일어났다.

이건 실로 상상 이상의 대사건이었다.

"그게 사실이야?"

사노가 차분하게 설명했다.

"사실입니다. 그야말로 하룻밤 사이에 벌어진 일입니다."

구양일산의 총명한 머리는 실로 충격적인 사건에 놀라고 당황한 와중에도 제대로 돌아갔다.

"사전에 치밀하게 계획된 일이라는 소리네."

사노가 역시나 하는 눈빛으로 구양일산을 바라보며 고개를 끄덕였다.

"주군의 생각도 같으셨고, 노복의 생각도 그렇습니다."

"범인은?"

"아쉽게도 밝혀내지 못했습니다. 주변을 돌며 면밀히 탐색해 봤음에도 불구하고 드러난 것은 누군가 장사부로 입성했고, 그 다음에 흑선궁과 쾌활림이 불탔다는 것이 다였습니다."

"음!"

구양일산은 절로 침음을 흘리다가 이내 자신의 실태를 깨닫고 슬며시 자리에 앉으며 물었다.

"저쪽도 아직 파악하지 못한 건가?"

흑도천상회에 있는 흑선궁과 쾌활림을 두고 하는 말이었다.

사노가 고개를 끄덕였다.

"그런 것 같더군요. 마침 우연찮게 노복이 그쪽 지역을 돌고 있었던 까닭에 빨리 정보를 입수하긴 했습니다만, 아직 저들이 모르고 있다는 것이 조금 이상하긴 합니다."

"생존자가 하나도 없다는 얘기가 될 수 있겠지."

"예, 주군께서도 그리 말씀하셨습니다."

"기다려 보면 알겠지. 그보다……."

구양일산은 한층 무거워진 눈빛을 드러내며 목소리를 낮추어서 의미심장하게 물었다.

"할아버지께서 무슨 다른 말씀은 없으셨어?"

사노가 의미심장하게 반문했다.

"마교를 염두에 두시는 겁니까?"

구양일산은 부정하지 않았다.

"아무래도 지금으로서는 그쪽이 가장 의심스럽잖아."

"그렇긴 합니다만……."

사노가 슬며시 고개를 저었다.

"아직 확인된 것은 아무것도 없습니다. 그리고 주군의 전언이 있으셨습니다. 최소한 마교총단의 이공자나, 천사교, 그리고 유명전는 이번 사건과 관계가 없을 것이라고 하셨습니다."

구양일산은 묵묵히 고개를 끄덕였다.

무슨 말인지 충분히 이해할 수 있었다.

쾌활림은 마교총단의 실세인 이공자, 악초군의 지지를 받고 있으며, 흑선궁은 그런 쾌활림이 장악한 상태였다. 그리고 유명전은 전격적으로 그들, 구양세가를 밀고 있기 때문이다.

즉, 구양청은 그에게 마교총단의 실세라는 악초군은 그런 일을 벌일 이유가 없고, 천사교와 유명전은 그런 일을 벌이지 않았다는 뜻이 되는 것이다.

"역시 할아버지야. 그들을 의심할 내 속을 완전히 꿰뚫어 보고 계셨군그래."

구양일산은 진심으로 감탄하고는 재우쳐 말했다.

"아무려나, 할아버지도 결국 마교의 다른 세력이 나섰을 가능성은 있다고 판단하시는 모양이네. 안 그래?"

사노가 부정하지 않았다.

"아무래도 그런 같습니다. 소주도 아시다시피 작금의 마교는 아직 하나로 통일된 것이 아닙니다. 이공자 악초군이 마교총단의 실세로 떠오르긴 했지만, 아직은 사상누각에 가깝다는 것이 주군의 판단이십니다."

"그렇게나……?"

구양일산이 실로 의외라는 기색을 드러내자, 사노가 단정적으로 말했다.

"거의 확실합니다."

구양일산은 단호한 사노의 태도를 보자 절로 뇌리에 떠오르는 사람이 하나 있었다.

"역시 전에 말했던 천마공자 때문에 말이지?"

사노가 인정했다.

"예, 그렇습니다. 마교총단 내부에는 아직도 천마공자를 추종하는 무리가 적지 않습니다. 단적으로 마도오문 중 혈문의 가주인 혈뇌사야만 해도 그렇지요. 그는 아직도 천마공자가 돌아올 것이라고 믿고 있답니다."

"실종된 지 수십 년도 더 지난 사람을……? 그 정도면 병 아닌가?"

구양일산은 실로 어처구니가 없어서 웃었다.

그러나 사노는 어디까지나 진중하게 부연했다.

"그래서 무서운 거죠. 병적으로 그렇게 믿고 있으니까요. 그만이 아니라 천마공자를 추종하는 무리 전부가 말입니다."

"음. 그렇게 생각하니 또 그렇군."

"그렇습니다. 처형이든 포용이든 그들을 확실하게 처리하지 않는 한 이공자, 악초군은 언제까지나 마교총단의 실세로 자리할 수 없을 겁니다."

구양일산은 이제야 진심으로 수긍하며 고개를 끄덕였다.

"하긴, 할아버지가 유명전과 손을 잡은 이유가 바로 그 때문이었지. 아무려나……."

그는 말미에 의미심장한 미소를 흘렸다.

"이제 곧 재미나지겠네. 사도진악, 그 늙은 여우가 어떻게 나올지 정말 기대가 돼."

사노가 안색이 변해서 급히 나섰다.

"소주, 사도진악은……!"

"알아, 알아!"

구양일산은 본능처럼 빠르게 사노의 말을 끊으며 히죽 웃는 낯으로 말을 덧붙였다.

"여기서나 이렇게 막말하지 밖에서는 절대 안 그래. 내가 얼마나 깍듯하게 모신다고, 사도진악 그 어른을. 사노, 설마 나 못 믿어?"

사노가 처음으로 희미하게나마 미소를 보이며 대답했다.

"그럴 리가요. 제가 소주를 믿지 못하면 또 누굴 믿겠습니까. 제아무리 청출어람이라지만, 제게 배운 심계로 저를 궁지에 빠트리는 사람은 소주가 유일한 것을요. 흐흐……!"

"기억하니 다행이군. 하하……!"

구양일산은 기분 좋게 웃었다. 그리고 이내 웃음을 그치며 물었다.

"그나저나, 바로 갈 거야?"

사노가 새삼 공수하며 대답했다.

"아쉽게도 그래야 할 것 같습니다. 주군의 곁을 지키는 것이 노복의 임무이니 어쩌겠습니까. 오랜만에 만난 소주와 술이라도 한 잔 나누고 싶은 마음이 굴뚝같지만, 사정이 여의치 않으니 다음 기회로 미루도록 하지요."

구양일산은 자못 사나운 눈총을 주었다.

"매번 그 소리지! 지겹지도 않아?"

사노가 거듭 공수하며 고개를 숙였다.

"지겨워도 어쩌겠습니까. 제 머리에선 이 변명이 그나마 가장 그럴 듯한 것을요. 죄송합니다, 소주."

"하하……!"

구양일산이 크게 하하 웃고는 말했다.

"이렇게 솔직하니 내가 당할 재간이 있나. 알았어. 그렇게 알고 있을게. 나중에 보자고."

기분 좋게 수긍한 그는 곧바로 늘어진 백삼 자락을 펄럭이며 자리를 털고 일어났다.

사노가 의아한 눈으로 바라보자, 그는 히죽 웃고는 손바닥을 비비며 말했다.

"사노는 가. 나는 어디 한번 고매하신 사도진악 어른이 이번 일에 어떻게 대응하는지 구경이나 하려는 거니까. 흐흐……!"

"알겠습니다. 그럼 노복은 이만……!"

사노가 거듭 공수하며 스르르 연기처럼 그 자리에서 사라지는 순간이었다.

느닷없이 밖에서 우당탕 소란스러운 인기척이 들리더니, 이내 벌컥 문이 열리며 그의 측근 중 하나인 백면귀(白面鬼) 반호(反虎)가 달려 들어왔다.

"이게 대체 뭐 하는 짓이야!"

구양일산은 아무리 상대가 아끼는 수하라도 이런 무례는 절대 용납할 수 없는 성격이었다.

그러나 이내 용납하지 않을 수 없게 되었다.

헐레벌떡 달려 들어온 반호가 애써 정색하며 보고한 내용이 더 없이 이채로웠기 때문이다.

"부약운이 돌아왔습니다!"

"누가 돌아왔다고?"

흑표와 헤어지고 거처로 돌아와서 차를 마시고 있던 사도진악은 느닷없이 달려 들어온 수하의 보고에 절로 오만상을 찡그리며 되물었다.

습관적인 반문이 아니라 정말 자신이 잘못 들은 것이 아닌가 싶어서였다.

그러나 잘못 들은 것이 아니었다.

"부약운이 돌아왔습니다. 멀쩡한 모습으로 흑선궁의 비밀 가신이라는 수하까지 데리고 말입니다."

"무슨 그런 말도 안 되는……!"

사도진악은 정말 어이없고 기가 막혔다.

이건 정말 사실이라고 해도 믿기 어려운 일이었다.

그는 절로 자리를 박차고 일어났다.

"지금 어디에 있어?"

"부 궁주의 거처에 있을 겁니다. 조금 전에 그쪽으로 가고 있었습니다."

사도진악은 서둘러 흑선궁의 궁주인 부금도의 거처로 뛰어갔다.

부약운이 멀쩡한 모습으로 돌아왔다는 것 자체는 그가 이렇게 놀라고 당황할 만한 일이 아니었다.

그럴 수도 있다고 치부하면, 충분히 그럴 수도 있는 일이었다.

그런데 거기에 한 가지 상황이 더해지는 바람에 그는 지금처럼 전에 없이 놀라고 당황한 모습을 드러낼 수밖에 없었다.

그간 아침마다 하루도 빠트리지 않던 쾌활림의 보고가 어제와 오늘, 이틀이나 없었다는 사실이 바로 그것이었다.

쾌활림의 보고가 끊어진 것과 나타날 수 없는 부약운이 나타난 것은 절대 따로 떨어트려 놓고 생각할 수 없는 일이었다.

그래서 그는 수하의 보고가 틀릴 리 만무하다는 것을 알면서도 틀리기를 바라며 부금도의 거처로 달려갔는데, 바람은 그저 바람일 뿐이었다.

수하의 보고는 어김없는 사실이었다.

사도진악이 부금도의 거처인 대청에 도착했을 때, 당황한 기색으로 일어서 있는 부금도의 전면에 서 있는 것은 틀림없는 비접 부약운이었다.

'대체 이년이 어떻게 여기를······?'

"아, 오셨소!"

어쩔 줄 모르는 기색으로 부약운을 마주하고 서 있던 부금도는 대청으로 들어서는 사도진악을 보자 그야말로 반색했다.

사도진악은 어디까지나 냉정하게 부약운과 그 뒤에 시립해 있는 사내 하나를 살펴보며 대답했다.

"아, 예. 예전에 말한 그 일로 몇 가지 의논할 것이 있어서 왔소. 따님이 온 걸 알았다면 다음에 올 걸 그랬소이다."

"아니외다. 대사를 논하는데 집안일을 끌어들일 수야 없지요."

부금도가 기다렸다는 듯 손사래를 치며 대답하고는 재우쳐 자못 엄숙해진 태도로 변해 부약운을 향해 말했다.

"아무튼, 잘 왔다. 내내 걱정이 태산이었는데, 이렇게 건강을 되찾은 걸 보니 반갑기 짝이 없구나. 한데, 보다시피 이 아비는 사도 형과 긴히 나눌 얘기가 있으니, 거처로 가서 쉬고 있거라.

얘기가 끝나면 바로 가마."

부약운이 대뜸 미심쩍은 표정으로 부금도를 바라보며 말했다.

"아니, 왜 그러세요, 아버지? 대체 무슨 일인지는 모르겠지만, 여기 이렇게 우리 흑선궁의 비밀 수호 조직인 금사대(金獅隊)의 대주 비룡(飛龍)이 왔는데 왜 이렇게 나 몰라라 알은척도 안 하시는 거죠?"

"……!"

부금도의 얼굴이 딱딱하게 굳어졌다.

사도진악도 절로 안색이 변하며 흠칫하는 표정을 지었다.

그럴 수밖에 없었다.

지금 부약운이 하는 얘기는 그가 처음 들어 보는 말이었기 때문이다.

'흑선궁에 비밀 수호 조직이 있었다고?'

사도진악은 적잖게 당황하며 부금도의 기색을 살폈다.

그러나 아무리 봐도 부금도는 그보다 더 당황한 눈치였다.

그는 재빨리 남몰래 눈치를 주었다.

부금도가 곧바로 그의 눈치에 반응해서 자못 멋쩍은 미소를 흘리며 말했다.

"나 몰라라 하긴 누가 나 몰라라 한다는 게야. 그게 아니라, 이 아비는 다만 사도 형과 나눌 얘기가 워낙 중대한 사안인지라 이러는 것뿐이다."

그는 시선을 부약운의 뒤에 서 있는 사내에게, 바로 흑선궁의 비밀 수호 조직인 금사대의 대주라는 비룡에게 던지며 말을 덧붙였다.

"용 대주, 자네도 이해하고, 어서 약운이와 같이 가서 기다리고 있게. 그리 오래 걸리지는 않을 것이니."

부금도의 말이 끝나기도 전에 부약운이 새삼 고개를 갸웃거렸다. 그리고 이번에는 비룡라는 사내의 안색마저 딱딱하게 굳어졌다.

순간, 사도진악은 직감했다.

부금도가 무언가 실수를 한 것이 분명해 보였다.

아니나 다를까, 내내 침묵하고 있던 비룡이 고집스럽게 각진 턱을 주억거리며 지그시 부금도를 바라보았다.

부금도가 거기서 또 실수를 했다.

비룡의 무심한 시선을 마주하며 눈동자를 불안하게 떨었다.

비룡이 일순 예리하게 좁힌 눈가로 부금도의 얼굴을 뚫어지게 응시하며 말했다.

"주군께서는 저를 한 번도 대주나 자네라고 부른 적이 없었습니다. 한데, 오늘은 저를 그렇게 부르시는군요. 왜 그러시는 겁니까?"

"아, 아니, 그건……!"

부금도가 크게 당황한 모습을 드러내며 말을 더듬었다.

그 모습을 지켜본 사도진악은 절로 한숨을 내쉬었고, 못내 속으로 욕설을 뱉어 냈다.

'저런 멍청한 놈!'

이제 더는 그대로 넘길 수 없었다.

지금 드러난 부금도의 태도는 실로 돌이킬 수 없는 실수였다.

저 모습을 보고도 아무런 의심을 하지 않는다면 그게 오히려 이상한 일일 터였다.

'하긴, 저놈을 탓할 일이 아니지. 흑선궁에 금사대라는 비밀 수호 조직이 있고, 거기 수장인 저 비룡라는 놈과 생전의 부금도가 친밀했다는 것은 나도 미처 몰랐으니까.'

그랬다.

지금의 부금도는 진짜가 아니었고, 사도진악은 그것을 익히 잘 알고 있었다.

알 수밖에 없었다.

가짜 부금도를 내세운 것이 바로 그였기 때문이다.

'없애야 한다!'

사도진악는 대번에 살심을 품으며 부약운과 비룡라는 사내를 바라보았다.

다행스럽게도 지금 이 자리에는 저 두 사람을 제외하면 그가 통제할 수 있는 사람들만 있었다.

게다가 비룡라는 사내는 흑선궁의 비밀 수호 조직의 수장이라고 했음에도 수하들을 대동하지 않고 홀로 나선 듯 주변에서 감지되는 기척이 없었다.

즉, 저 두 사람만 제거해 버리면 비밀은 계속 유지될 수 있는 것이다.

'부금도의 비밀이 지켜지는 한 저 계집이 돌아온 것을 본 애들의 입을 막는 거야 일도 아니지!'

사도진악은 그렇게 생각하며 빠르게 살기를 키우다가 이내 거짓말처럼 살기를 억눌렀다.

빠르게 다가오는 인기척들이 있었기 때문이다.

'저들이 왜……?'

사도진악은 절로 미간을 찌푸렸다.

느끼지는 기운만으로도 지금 다가오는 자들의 정체를 어렵지 않게 파악할 수 있었기 때문이다.

그는 그 정도의 고수였다.

아니나 다를까, 이내 문이 열리며 대청으로 들어서는 사람들은 역시나 그의 생각과 일치했다.

생사천의 주인이요, 무림사마의 하나이기 이전에 흑도천상회의 회주인 팔황신마 냉유성을 위시해서 냉유성과 마찬가지로 무림사마의 하나이던 혈목사마 담황의 죽음 이후에 신마루의 실권을 잡은 옥기린 담영, 그리고 구양세가의 실세인 십전옥룡 구양일산 등이 바로 그들이었다.

"아니, 다들 어쩐 일로 여기를 다……?"

사도진악은 사실 묻지 않으려고 했다.

자신부터가 지금 어울리지 않는 자리에 있다고 생각했기 때문이다.

하지만 의지와 무관하게 절로 질문이 나갔다.

그만큼 냉유성 등의 등장은 예상 밖의 일이었다.

하필이면 지금 이 순간에 말이다.

그런데 가장 먼저 나선 구양일산의 대답이 사도진악의 속을 적잖이 거북하게 만들었다.

"저도 그게 궁금합니다. 저야 그저 부 소저가 몸을 회복하고 돌아왔다는 얘기를 듣고 인사나 하려고 왔습니다만, 어르신과 담 형은 무슨 일로 오신 거죠?"

여우같은 표정으로 웃는 낯인 구양일산의 말이었다.

같이 온 것이 아니라 오다가 만났다는 얘긴데, 담영이 그 말을 받아서 마찬가지로 사도진악의 속을 긁었다.

"저 역시 부 소저가 돌아왔다는 얘기를 듣고 놀라서 왔습니다. 전날 부적산, 부 노 선배가 부득불 우겨서 데려갈 때만해도 도저히 쉽게 회복될 상태가 아닌 것으로 봤는데, 그새 치료를 끝내고 멀쩡히 돌아왔다는 얘기에 놀라서요."

결국 구양일산도 그렇고, 담영도 그렇고, 일찍부터 부약운의 일거수일투족을 주시하고 있었다는 얘기였다.

사도진악은 속이 부글부글 끓었다.

이래서야 더 이상 부약운을 건드릴 수 없게 되었으니 말이다. 그러나 알고 보니 그게 문제가 아니었다.

곧바로 이어진 팔황신마 냉유성의 대답이 그에게 그것을 일깨워 주었다.

"본인도 부약운, 저 아이를 보러 왔소. 다만 본인은 하던 일에 빠져 있는 통에 저 아이가 돌아온 줄도 몰랐는데, 저 아이가 여기서 좀 보자고 합디다. 긴히 할 얘기가 있다고. 그래서 온 건데……."

슬며시 말꼬리를 늘인 냉유성이 주름진 노안이 전에 없이 예리한 빛을 밝히고 장내를 훑으며 말을 이었다.

"이거 분위기를 보니, 아무래도 무슨 일이 있긴 정말 있는 모양이구려."

사도진악은 반사적으로 부약운에게 시선을 돌렸다.

그 순간 부약운이 그가 아닌 냉유성을 향해 말했다.

"어린 계집의 부탁을 이렇듯 스스럼없이 들어주셔서 정말 고맙습니다, 회주님. 하지만 절대 헛걸음이 아니라는 것을 제가 보장하겠습니다."

"……!"

사도진악은 절로 기분이 싸했다.

바로 그때 그의 기분을 더욱 싸하게 만드는 일이 벌어졌다.

냉유성에게 인사를 끝낸 부약운의 시선이 비룡라는 사내에게 돌려지자, 냉유성 등이 다가오는 기척이 느껴졌을 때부터 내내 그저 냉정하게 바라보는 것만으로 부금도를 압박하고 있던 그 사내, 비룡이 무심하고 나직해서 더 없이 싸늘하게 느껴지는 목소리로 말했다.

"알겠습니다. 저를 너라고 부르든 자네라고 부르든 그게 무슨 대수겠습니까. 주군이 원하시면 어떻게 부르든 저는 상관없습니다. 워낙 홀로 감당하실 일이 많은 주군이시니 잠시 헷갈릴 수도 있는 일이지요."

"그, 그래! 내, 내가 좀 요즘 정신이 없어서……!"

부금도는 지금의 이 대답을 굳이 하지 않았으면 좋았을 뻔했다. 불안하게 흔들리는 눈빛은 둘째 치고, 애써 더듬거리지 않으려고 노력하는 그의 억양이 너무나 뻔히 드러났기 때문이다.

하지만 정작 비룡은 사도진악은 말할 것도 없고, 주변인 모두가 이상하게 쳐다보는 부금도의 태도를 아무렇지도 않게 무시하며 말했다.

"그렇지만 이제야 저는 주군께서 조금 이상하다는 부 소저의 말을 이해하겠습니다. 해서, 불경하게도 한 가지만 더 물어보는 것으로 확인하고 싶습니다. 만일 주군께서 제대로 대답해주신다면 저는 감히 주군을 의심한 죄과로 스스로 목숨을 끊겠습니다."

말과 동시에 그는 칼을 뽑아서 자신의 목에 댔다.

그리고 예의 나직하면서도 무심한 목소리로 물었다.

"흑선궁의 비밀 수호 조직인 우리 금사대의 인원은 몇입니까? 주군께서 직접 선별하셨으니, 모를 리가 없으실 겁니다."

"그, 그건……!"

부금도가 제대로 대답하지 못하고 말을 더듬었다.

이번에는 아예 턱을 덜덜 떨고 있었다.

잔뜩 겁에 질린 모습이었다.

이제야말로 부금도를 바라보는 비룡의 눈빛이 서릿발처럼
싸늘하게 변했다.

그는 자신의 목에 대고 있던 칼끝을 돌려서 부금도를 겨누
며 씹어뱉는 목소리로 다그쳤다.

"너는 누구냐? 주군은 어디 계시냐?"

"나, 나는……!"

부금도가, 아니, 이제 가짜로 밝혀진 부금도가 얼굴이 사색
으로 변해 말을 더듬으며 뒷걸음질했다.

그러나 그가 물러날 곳은 없었다.

그의 뒤에는 어느새 자리를 옮긴 냉유성이 서 있었다.

"그렇군. 과연 헛걸음이 아니었어."

물러나던 가짜 부금도가 귀신처럼 자신의 뒤에 나타난 냉유
성을 보고는 기겁하며 옆으로 방향을 바꾸었다.

하지만 그 길도 막혔다.

구양일산이 막고 있었다.

가짜 부금도의 시선이 반대편으로 돌아갔으나, 거기도 갈 길
이 아니었다.

거기는 담영이 막고 있었다.

"익!"

가짜 부금도가 그대로 지상을 박차며 솟구쳤다.

마지막 남은 한 방향, 천장을 향해서였다.

사도진악은 그 순간에 신형을 날려서 가짜 부금도의 뒷목을 움켜잡았다. 아니, 움켜잡으려 했다.

그러나 실패였다.

사도진악의 손이 가짜 부금도의 뒷목을 움켜잡으려는 순간에 어느새 그의 뒤를 따라잡은 비룡이 가짜 부금도를 낚아채 갔다.

타닥—!

바닥으로 내려선 사도진악이 자신의 헛손질에 당황하는 사이, 간발의 차이로 바닥에 내려선 비룡이 정중히 포권하며 사과했다.

"무례를 용서하십시오. 하지만 그 손으로 뒷목을 잡으면 이놈은 죽었을 겁니다. 아직 밝혀낼 것이 있는데, 죽으면 안 된다는 생각에 무례를 범했으니, 부디 너그럽게 용서해 주십시오."

사실이었다.

부금도의 뒷목을 향해 뻗어졌던 사도진악의 손은 검붉게 이글거리는 강기에 휩싸여 있었다.

강철도 우그러트릴 그 손으로 뒷목을 잡아챘다면 가짜 부금도는 절대 살아남을 수 없었을 것이다.

사도진악은 애써 웃는 낯으로 손을 내저었다.

"아니, 나야말로 미안하네. 내내 속고 있었다는 사실이 분해서 내가 너무 감정이 격해졌나보이."

'뭐지 이놈은?'

즉시 물러나서 사과를 전한 사도진악은 애써 마음을 다잡느라 사력을 다하고 있었다.

의지와 무관하게 실로 이루 다 표현할 수 없는 격정의 회오리가 그의 가슴에 휘몰아쳤기 때문이다.

그럴 수밖에 없었다.

살인멸구하려던 가짜 부금도를, 정확히는 그가 남몰래 심어놓은 수하인 무영잠비(無影潛匕) 색효(塞梟)를 죽이지 못했고, 그 바람에 그의 의중에 어느 정도 드러나 버렸다.

서둘러 적당한 변명을 하기는 했지만, 그게 통할 리 없었다.

적어도 지금 이 자리에 있는 자들은 그 정도로 호락호락한 자들이 아니었다.

게다가 문제는 그것만이 아니었다.

그의 손 속을 막아 낸 비룡의 존재는 그보다 더 큰 문제였다.

방금 전 비룡은 작심하고 펼친 그의 독수를 아무렇지도 않게 무력화시켰다.

자랑이 아니라 작금의 강호무림에서 그의 손 속을 이처럼 간단하게 무력화시킬 수 있는 고수는 거의 없다고 생각했는데 말이다.

지금 그는 비룡에 대해서 아는 것이 전무했다.

대업을 이룰 목전에서 실로 꿈에도 생각하지 못한 엄청난 변수가 나타난 것이다.

'색효, 저놈이야 백무상(白無上)의 말에 기대 본다고 해도, 기본적으로 모든 문제를 해결하려면 지금 이 자리에 있는 자들을 전부 다 제거해야 한다!'

사도진악은 대번에 그런 결론을 내렸고, 그러고 싶은 마음도 굴뚝같았으나 선뜻 행동에 옮기지 못했다.

그는 아직 흑도천상회를 완전히 장악하지 못했고, 더 나아가서 지금 이 자리에 있는 자들을 홀로 해치울 자신이 아직 없었기 때문이다.

무엇보다도 흑도천상회의 회주이기 이전에 무림사마의 하나인 팔황신마 냉유성은 그로서도 절대 무시할 수 없는 존재였다.

그런데 지금 장내에는 그와 같은 생각으로 고민하는 사람이 하나 더 있었다.

그의 사과를 들은 흑선궁의 비밀 수호 조직 금사대의 대주 비룡이 바로 그였다.

아니, 정확히는 그렇게 변장하고 흑도천상회를 방문한 설무백이 바로 그 주인공이었다.

그랬다.

흑선궁의 비밀 수호 조직이라는 금사대는 있지도 않았다.

그건 그저 가짜 부금도의 실체를 밝히기 위해 설무백이 가상으로 만든 조직이었다.

당연히 비룡이라는 인물 역시 변체 환용을 펼쳐 은발 머리를 거무튀튀한 잿빛으로 바꾸면서 창조한 가상의 인물이고 말이다.

기실 설무백은 애초에 작금의 부금도가 진짜가 아닌 가짜임을 확신하고 있었다.

가짜 부금도의 실체를 밝히는 것으로 부약운의 입지를 다지고, 흑선궁의 전력을 사도진악의 수중에서 벗어나게 한다는 것이 흑도천상회를 방문한 설무백의 목적이었다.

그런데 설무백은 막상 사도진악을 마주하자 의지와 무관하게 전생의 기억이 떠올라서 생각이 실로 많아졌다.

우선 숨이 턱 막힐 정도로 감정이 격해졌다.

왜 그랬냐고, 그렇게나 믿고 의지하며 충성을 다했던 나를 배신하고 버린 이유가 뭐냐고 묻고 싶었다.

전생의 사도진과 지금 눈앞에 있는 사도진악이 전혀 다른 차원에 존재하는 두 사람임을 알면서도 그걸 인정하기가 정말 쉽지 않았다.

흑도천상회를 방문하겠다고 마음먹을 때만 해도 있는 그대로 받아들이고 냉철하게 처신하겠다고, 그렇게 할 수 있다고 생각했는데, 막상 눈앞에 나타난 냉유성과 사도진악을 보자 어지러울 정도로 마음이 흔들렸다.

전생의 원수와 이생의 원수를 한자리에서 마주하고 있으니, 그러지 않을 수 없었다.

이상과 현실 사이에는 천하의 그조차 쉽게 넘기 어려운 벽이 존재하고 있었던 것이다.

그래도 그는 극고의 인내를 발휘해서, 그야말로 억지로 참고 넘겼다.

그러자 이번에는 현실의 상황과 맞물린 다른 생각이 그의 마음을 흔들었다.

지금 이 자리에 있는 자들만 해치우면 적어도 중원무림의 흑도는 쉽게 바로잡을 수 있다는 유혹이 바로 그것이었다.

그러나 설무백은 다시금 극고의 인내를 발휘해서 그마저도 가슴 깊이 억누르며 참아야 했다.

지금 장내에 있는 자들을 혼자서 전부 다 해치울 수 있다는 확신이 없었다.

분명 그럴 수 있다는 자신감은 있는데, 그 자신감이 혹시나 자만이요, 오만일 수도 있다는 의심이 들었다.

지금 장내를 주시하는 암중의 시선이 적지 않아서 더욱 그랬다.

장내에 나타난 자들은 저마다 하나같이 눈에 보이지 않는 암중의 호위를 거느리고 있는 것이다.

설무백은 그래서 포기했다.

만에 하나 실패한다면 이후의 사태는 그조차 걷잡을 수 없는 파국으로 치달을 수 있었다.

'애초의 계획대로!'

실로 찰나의 시간이 영원처럼 길게 흐르는 것 같은 순간이었다.

설무백이 그렇게 고민의 늪을 빠져나와서 정신을 차리며 마음을 다잡자, 잠시 멈추어진 것 같은 시간이 다시 흘렀다.

설무백의 시선에 애써 당혹감을 감추고 자신을 바라보는 사도진악의 모습이 들어왔다.

그는 애써 미소를 보이며 사도진악의 변명을 수긍했다.

"그렇겠지요. 누군들 안 그렇겠습니까. 이해합니다."

사도진악이 조용한 미소로 화답했다.

그때 가장 먼저 나서서 가짜 부금도의 뒤를 막아섰던 흑도천상회의 회주, 팔황신마 냉유성이 의미심장하게 말했다.

"사전에 나를 부른 것은 이미 그가 가짜인 걸 알고 나섰다는 뜻이겠지. 어떻게 알아냈느냐?"

변체환용술을 사용해서 가상의 인물인 비룡으로 행세하는 설무백이 아니라 부약운을 쳐다보며 묻는 말이었다.

부약운이 침착하게 대답했다.

"숙부의 도움이 있었습니다."

"부적산이?"

"예. 저는 지병이 악화된 것이 아니라 섭혼술에 당한 것이었습니다. 그 와중에 앵속까지 사용해서 중독되었고요. 숙부께서 그걸 아시고 저를 저 가짜 놈의 마수에서 빼내신 겁니다."

"저 가짜 놈이 너를 그렇게 했다는 소리냐?"

"예. 제가 마지막으로 대화를 나눈 것이 바로 저 가짜 놈이었습니다. 저놈이 주는 차를 마시고 정신이 흐려졌는데, 그때 섭혼술에 썼습니다. 그 기억이 또렷이 남아 있었기에 곧바로 수호대주를 찾아갈 수 있었습니다."

냉유성이 슬쩍 시선을 돌려서 비룡으로 가장한 설무백을 바라보며 말했다.

"놈이 수호대의 존재를 몰랐던 것이 천만다행이구나. 안 그랬다면 네가 이 자리까지 올 수 없었을 테니 말이다."

부약운은 자신만만한 어조로 대답했다.

"애초에 저 가짜 놈이 수호대를 알 수 있는 방법은 없었습니다. 수호대는 오직 우리 가문의 직계인 아버님과 저만이 아는 가문의 비밀이었으니까요."

냉유성이 묵묵히 고개를 끄덕이는 것으로 수긍하며 말했다.

"그래, 실로 다행이다. 자, 그럼 이제 저놈은 어떻게 처리할 생각이냐? 내가 보기엔 이건 비단 흑선궁만이 아니라 우리 흑도천상회의 문제로 봐야 하니, 회 차원에서 처리하는 게 옳다고 생각한다만, 이 문제를 밝힌 것이 너인 이상, 우선적인 결정권을 너에게 주도록 하마."

부약운이 일고의 고민도 없이 대답했다.

"제가 먼저 신문하겠습니다. 아직 아버님의 생사가 드러나지 않은 이상, 죽이진 않겠지만, 수단과 방법을 가리지 않고 신문해 볼 생각입니다. 그래야 후회를 남기지 않을 것 같습니다."

냉유성이 묵묵히 고개를 끄덕이는 것으로 수긍하고는 슬쩍 고개를 돌려서 사도진악과 구양일산, 담영 등을 둘러보며 물었다.

"본인은 허락할 생각인데, 혹시 다른 의견 있으신가?"

구양일산과 담영이 사전에 담합이라도 한 것처럼 절대 이견이 있을 수 없다는 듯 이구동성으로 대답했다.

"없습니다!"

사도진악은 마음이야 굴뚝같았으나, 더 이상 의심의 꼬투리를 남기고 싶지 않아서 감히 다른 의견을 낼 생각을 하지 못하고 고개를 끄덕였다.

대신 은연중에 싸늘한 눈초리로 가짜 부금도를, 바로 무영잠비 색효를 바라보며 전음을 날렸다.

-네 부모와 형제들을 생각하고 알아서 잘 처신해라!

가상의 인물 비룡으로 화한 설무백의 손에 마혈이 점해져서 뻣뻣하게 굳어져 있는 색효의 눈빛이 어둡게 가라앉았다.

사도진악은 색효의 반응이 죽음을 각오한 절망의 그림자인지, 아니면 자포자기로 인한 배반의 씨앗인지 제대로 알아볼 수가 없어서 못내 한 번 더 전음을 날려서 경고하려고 했다.

그런데 그럴 수가 없게 되었다.

숨 가쁜 인기척과 함께 대청의 문을 열고 들어온 수하의 다급한 보고 때문이었다.

"회, 회주님! 대지급입니다! 흑선궁과 쾌활림의 총단이 불타고 있답니다!"

"……!"

냉유성이 한껏 일그러진 두 눈가로 사도진악과 부약운을 돌아보았다.

그런 그의 시선과 상관없이 사도진악과 부약운은 보고하러 들어온 수하를 쳐다보며 반신반의하는 표정을 짓고 있었다.

그때 적잖은 무리가 우르르 대청으로 밀려들었다.

거의 대부분이 쾌활림과 흑선궁의 요인들이었고, 선두에는 사도진악의 대제자인 비연검룡 마천휘와 흑선궁의 대장로인 소상우사(小象友士) 방능소(方能所)가 있었는데, 두 사람 다 다급해서 어쩔 줄 모르는 모습으로 방금 전 장내의 인물들이 들은 보고가 사실임을 드러내고 있었다.

"잠시 자리를 비워야 할 것 같소, 회주."

사도진악은 제자인 마천휘의 입이 열리기 전에 먼저 나서서 냉유성에게 양해를 구했다.

냉유성이 길을 내주며 말했다.

"일단 확인이 먼저일 거요. 차후 대비는 같이 논의를 해 봅시다."

"알겠소. 일단 본인은 이만……!"

사도진악은 정신이 혼란스러워서 대답부터 하고는 차후 대비는 생각해 보지도 않고 서둘러 장내를 빠져나갔다.

허겁지겁 달려왔던 마천휘 등 쾌활림의 요인들 역시 얼마나 정신이 없는지 회주인 냉유성에게 인사를 하는 둥 마는 둥 하며 그의 뒤를 따라갔다.

잠시 그런 사도진악 등의 모습을 바라보던 냉유성이 이내 시선을 돌려서 부약운을 바라보았다.

"혼자 감내하기 버거우면……."

"아니요."

부약운은 자못 냉정한 신색을 유지하며 잘라 말했다.

"말씀은 정말 고마우나, 도움은 사양하겠습니다. 마땅히 제가 감당해야 할 일이니, 저 혼자 해 보겠습니다. 정 버거우면 회주님께 손을 내밀도록 할 테니, 지금은 그냥 두고 모른 척해 주시길 바라요."

"음."

냉유성이 무슨 생각을 하는지 모르게 나직한 침음을 흘리며 지그시 부약운을 바라보았다.

뒤늦게 가짜 부금도가 비룡으로 가장한 설무백의 손에 잡혀 있는 장내의 상황을 확인한 소상우사 방능소가 기겁하며 소리쳤다.

"아니, 대체 이게 무슨……!"

"닥치세요!"

부약운이 앙칼지게 소리쳐서 방능소의 말문을 막았다.

방능소가 대체 이 상황이 꿈인지 생신지 모르겠다는 표정으로 굳어졌다.

부약운은 가짜 부금도의 뒤로 다가가서는 거칠게 오금을 걸어차서 강제로 무릎을 꿇리고는 싸늘하게 다시 말했다.

　"이자는 아버님이 아니라 아버님 행세를 하던 가짜고, 방 장로님은 이 사태에 대한 책임에서 절대 자유로울 수 없는 사람입니다!"

　방능소가 경악과 불신에 차서 크게 부릅떠진 눈으로 가짜 부금도와 부약운을 번갈아 보다 이내 냉유성의 눈치를 살폈다.

　이게 정말 사실인지 아닌지 확인을 구하는 눈빛이었다.

　그러나 냉유성은 아무렇지 않게 그의 시선을 외면하며 부약운을 향해 말했다.

　"일단 허락하마. 단, 이번 일은 절대 흑선궁만의 문제로 볼 수 없으므로, 나는 나대로 회 차원의 조치를 취하도록 하겠다."

　"알겠습니다. 그것까지는 제가 막을 수 없는 일이지요."

　부약운의 대답을 들은 냉유성이 묵묵히 돌아서서 장내를 빠져나가며 한마디 남겼다.

　"최대한 빨리 천상 회의를 소집할 테니, 흑선궁의 대표로 나서거라."

인간병기人間兵器 (3)

"저 사람이 저렇게 부드러운 사람이었나?"

흑선궁의 회주인 팔황신마 냉유성이 장내에서 사라진 다음
이었다. 가상의 인물인 비룡으로 화한 설무백은 절로 고개를
갸웃하며 혼잣말로 중얼거렸다.

그가 아는 전생의 냉유성은 이런 사람이 아니었다.

"아닐 걸요 아마?"

부약운이 자신도 묘하다는 표정을 드러내며 부연했다.

"좋게 말하면 과묵하고 나쁘게 말하면 자신보다 아랫것이라
고 생각하는 사람하고는 말도 섞지 않는 사람이에요. 여태 내게
말을 붙인 적도 손에 꼽을 정도죠. 이 자리에 나타난 것도 저는
의외였어요. 당신이 시키는 대로 기별을 넣긴 했지만, 정말 나

타날 줄은 몰랐어요."

"……."

설무백은 새삼 절로 고개를 갸웃했다.

지금 부약운이 말하는 냉유성도 전생의 그가 아는 전생의 냉유성과 달랐다.

'혹시 이것도 달라진 역사의 변주곡인 것일까?'

"근데……?"

부약운이 자못 예리해진 눈빛으로 바라보며 그의 상념을 깨트렸다.

"묘하네요. 어째서 회주보다 사도진악, 사도 림주를 보는 눈빛이 더 차갑게 느껴지는 거죠?"

부약운은 전날 그의 얘기를 통해서 그의 외조부인 신창 양세기가 냉유성 등에 의해 죽임을 당했다는 사실은 들었으나, 사도진악과의 악연은 전혀 알지 못하고 있는 것이다.

"내가 그랬나?"

설무백은 대수롭지 않게 부약운의 말을 받아넘겼다.

부약운은 그냥 넘어가지 않으려는 듯 말꼬리를 잡으려는 눈치였으나, 방해자가 있었다.

어두워진 기색 일면에 예사롭지 않은 눈빛으로 그들의 대화를 주시하고 있던 방능소가 더는 참지 못하겠다는 듯 끼어들었다.

"대체 이 사람은 누군가, 총령?"

부약운에게 묻는 말이었다.

흑도천상회에서의 지위는 수색과 정찰 임무를 수행하는 일개 사령에 불과하나, 흑선궁에서는 감찰과 정보를 총괄하는 막대한 지위인 대외총령이 그녀인 것이다.

부약운이 대번에 싸늘해진 기색으로 변해서 방능소와 그 뒤에 늘어선 흑선궁의 요인들을 바라보며 설무백을 소개했다.

"원래는 밖으로 드러나면 안 되는 사람이지만, 본의 아니게 상황이 이렇게 되었으니, 소개하죠. 이 사람은 흑선궁의 비밀수호 조직인 금사대의 대주 비룡이에요."

방능소를 비롯한 흑선궁의 요인들 모두가 고개를 갸웃거리며 어리둥절해했다.

방능소가 모두를 대신하듯 나섰다.

"흑선궁에 금사대라는 조직이 있다는 얘기는 들어 본 적이 없소만……?"

부약운이 냉랭하게 대꾸했다.

"있다는 것을 알면 비밀 조직이 아니죠."

그녀는 방능소가 아니라 흑선궁의 요인들 전부를 둘러보며 말했다.

"금사대는 말 그대로 비밀 조직이에요. 오직 우리 가문의 직계인 아버님과 저만이 알고 있었죠."

그녀의 시선이 바닥에 무릎 꿇려진 가짜 부금도에게 돌려졌다.

"바로 이런 일에 대비한 선대의 안배인 거죠."

"음."

방능소가 일그러진 얼굴로 침음을 흘렸다.

다른 요인들도 하나같이 곤혹스러운 표정으로 어쩔 줄 몰라 했다.

부약운이 새삼 그런 그들을 싸늘하게 식은 눈빛으로 둘러보고는 이내 설무백을 쳐다봤다.

무언가 허락을 요구하는 눈빛이었다.

설무백은 묵묵히 고개를 젓는 것으로 그녀의 요청을 묵살했다.

부약운은 분한 마음에 자신이 직접 가짜 부금도의 신문을 하고 싶을 테지만, 그는 그것을 그녀에게 맡길 생각이 전혀 없었다.

그녀를 위해서였다.

악바리처럼 버티고 있으나, 지금의 그녀는 온전히 서 있는 것조차 버거운 상태였다.

섭혼술과 앵속 중독에서 벗어난 지 며칠도 되지 않은 그녀가 여태껏 아무렇지 않는 것처럼 사람들의 눈을 속인 것은 엄지손가락을 치켜세울 만큼 대단한 일이었다.

부약운이 지그시 입술을 깨물었다.

그러나 더 이상 때를 쓰지는 않고 조용히 물러나며 말했다.

"시작해요."

설무백은 묵묵히 고개를 끄덕이며 그녀가 마지못해 물러난 가짜 부금도의 전면으로 나섰다.

서늘한 기세가 일어나서 그의 주변을 휘감았다.

가짜 부금도가 흠칫 놀란 눈빛으로 바라보았다.

설무백은 무심한 눈빛으로 그런 가짜 부금도와 시선을 마주하며 앞에 쪼그리고 앉았다. 그리고 밑도 끝도 없이 불쑥 손을 뻗어 내며 말했다.

"조금 아플 거다."

장내에 있는 그 누구도 제대로 볼 수 없을 정도로 빠르게 뻗어진 그의 손이 가짜 부금도의 단전을 파고들었다.

푸욱—!

뒤늦게 섬뜩한 소음이 들렸다.

가짜 부금도의 단전이 물거품처럼 터지며 완전히 파훼되는 소음이었다.

"……!"

가짜 부금도의 두 눈이 크게 부릅떠졌다.

너무 놀라고 당황한 듯 혹은 너무나도 강렬한 고통이라 그런 듯 절로 벌어진 그의 입에서는 비명은커녕 신음조차 새 나오지 않았다.

간발의 차이를 두고 그의 입가로 선홍빛 맑은 핏물이 흘러나왔다.

한 방울 한 방울이 십 년의 고련을 통해야만 겨우 얻을 수 있는 선천지기가 그렇게 핏물로 화해서 흘러내리는 것이었다.

장내의 공기가 싸늘하게 식었다.

장내의 그 누구도, 하다못해 부약운도 설마하니 설무백이 그런 짓을 할 줄은 미처 상상도 하지 못한 것이다.

강호무림에서 무인의 단전을 파괴하는 것은 목숨을 취하는 것보다도 더 악랄한 짓으로 치부되었으니, 그녀가 어찌 상상이라도 했을 것인가.

설무백은 그런 주변의 반응에 아랑곳하지 않고 색효의 단전을 파고들었던 손을 천천히 빼냈다.

"으으……!"

가짜 부금도의 입에서, 설무백 등은 아직 모르고 있지만, 사도진악이 남몰래 거느린 수하 중 하나인 무영잠비 색효의 입에서 뒤늦게 억눌린 신음이 새어 나왔다.

그와 동시에 그의 모습이 변했다.

내공이 사라지면서 유지하고 있던 변체환용술이 풀린 것이다.

그렇게 본래의 모습으로 돌아간 가짜 부금도는 나이를 짐작하기 어려운 반백의 노인이었다.

설무백은 어디까지나 무심하게 핏물에 젖은 손을 색효의 옷에 쓱쓱 문질러 닦으며 말했다.

"너는 어차피 죽은 목숨이었다. 너를 여기에 침투시킨 자는 이미 너를 버렸고, 그 혹은 그들은 너에게 이미 절대 빠져나갈 수 없는 금제를 가해 놓은 상태일 테니까."

그랬다.

지금 설무백이 무자비하게 색효의 단전을 파괴한 것이 그 때문이었다.

색효가 고독술이나 섭혼술 따위의 금제에 당한 상태라고 보고 단전을 파괴한 것이다.

"그게 섭혼술이라면 이제 금제에서 벗어난 거고, 고독술이라면 조금 더 버틸 수 있을 테지."

가짜 부금도, 색효도 이미 그것을 알고 있었던 것 같았다.

그의 얼굴이 어둡고 참담하게 일그러졌다.

절망의 빛이 그의 눈가를 타고 흘렀다.

설무백은 그런 색효를 지그시 바라보며 다시 말했다.

"네가 선택할 수 있는 것은 두 가지다. 고통 없이 죽을 건가, 아니면 죽고 싶어도 죽지 못하는 고통 속에서 헤매다가 죽어 갈 건가."

색효는 절로 부르르 진저리를 쳤다.

두려움이었다.

아무런 말도 없이 다짜고짜 맨손으로 무인의 단전을 헤집은 자가 무슨 짓인들 못할 것인가.

설무백은 그런 색효에게 나직한 어조로 결정타를 날렸다.

"나는 너를 그런 모습으로 여기에 심은 자가 사도진악임을 이미 알고 있다. 해서, 내가 너를 통해 알고 싶은 것은 그다지

많지 않다."

색효는 충격이 넘쳐 망연자실한 표정으로 설무백을 바라보았다. 그만이 아니라 장내의 모두가 경악과 불신에 찬 눈빛을 드러내고 있었다.

오직 사전에 설무백의 언질을 받은 부약운만이 지그시 입술을 깨무는 것으로 진정하고 있을 뿐이었다.

색효는 결국 체념하며 시선을 떨궜다.

"알고 싶은 게 뭐요?"

설무백은 짧게 물었다.

"우선 네 이름부터."

색효가 대답했다.

"색효요."

설무백은 그저 묵묵히 고개를 끄덕였으나, 좌중의 다른 사람들은 새삼 놀라며 색효를 바라보았다.

여러 가지 의미를 내포하는 놀람이었다.

그럴 수밖에 없는 것이, 무영잠비 색효는 악명을 떨치던 전대의 거마였고, 비록 무림사마에는 미치지 못해도 바로 그 아래는 되는 고수였다.

단적으로 말해서 지금 이 자리에 있는 방능소도 그보다 위라고 말할 수 없었다.

그런데 놀랍게도 그런 색효가 무림사마의 아래로 취급되는 사도진악의 졸개라는 것이다.

그리고 또한 지금 그들의 눈앞에는 그런 색효를 어린아이처럼 다루는 비룡이 있었다.

그 바람에 부약운을 제외한 좌중의 모든 시선이 비룡에게, 바로 설무백에게 쏠렸다.

설무백은 좌중의 반응과 상관없이 무심하게 다음 질문을 이어 나갔다.

"그래. 좋아, 색효. 이제 묻겠다. 사왕 부금도, 부 궁주님은 어떻게 되셨나?"

색효가 기어 들어가는 목소리로 대답했다.

"죽었다고 들었소."

장내의 공기가 한층 더 싸늘하게 식어 버렸다.

모두의 불신과 경악이 그렇게 만들었고, 부약운은 그 속에서 이를 악문 채 손톱이 손바닥을 파고 들어갈 정도로 두 주먹을 움켜쥐고 있었다.

설무백은 못내 그런 슬쩍 그녀를 일별하며 다시 질문을 이어 나갔다.

"누구 짓이지?"

"그건 나도 모르오. 그저 죽었다는 얘기만 전해 들었소."

"사도진악이 말해 주던가?"

"그렇소."

"사도진악의 말이 거짓일 가능성은?"

"없소."

색효가 이례적으로 단호하게 잘라 말했다.

"사도진악은 그처럼 트릿하게 후환을 남겨 둘 사람이 절대 아니오."

설무백은 의지와 무관하게 절로 고개를 끄덕였다.

그도 아는 사실이었다.

부약운에게는 미안한 얘기지만, 색효의 말마따나 사도진악의 일처리는 언제나 냉혹할 정도로 확실했다.

절대 흐지부지하게 후환을 남겨 둘 사람이 아니었다.

"좋아, 그럼 마지막으로 하나만 더. 사도진악은 마교의 누구와 손을 잡은 거냐?"

색효가 힘겹게 고개를 저었다.

"그 역시 내가 모르는 일이오. 사도진악은 그런 것까지 알려 줄 정도로 수하를 믿는 사람이 아니오."

설무백은 이번에도 내심 수긍했다.

그가 아는 사도진악도 지금 색효가 말한 것과 같았다.

그는 묵묵히 자리를 털고 일어나서 부약운을 향해 말했다.

"나는 여기까지."

부약운이 기다렸다는 듯이 칼을 뽑았다.

그리고 전광석화처럼 달려들어서 색효의 가슴을 찌르고, 다시 빼내서 목을 쳤다.

가짜 부금도 노릇을 하던 전대의 거마 무영잠비 색효는 그렇듯 설무백의 약속대로 순식간에 죽어서 이승을 떠났다.

떼구루루-!

설무백은 바닥을 구르는 색효의 머리를 일별하며 핏물이 흐르는 칼을 든 채 여전히 분기탱천한 모습으로 씩씩대고 있는 부약운을 향해 물었다.

"이것으로 참을 수 있는 거지?"

부약운이 잠시 여유를 두고 호흡을 가다듬고는 수중의 칼을 허공에 휘둘러서 피를 털어 내고 갈무리하며 대답했다.

"무시하지 마요. 저는 철부지 어린애가 아니에요. 복수를 위해서라면 얼마든지 참고 기다릴 수 있어요."

설무백은 그녀의 손을 보고 한마디 해 주며 돌아섰다.

"그 손이나 닦고 얘기해."

부약운이 그제야 자신의 손에 묻은 피를 보고 서둘러 뒤로 감추었다.

조금 전 강하게 움켜잡는 바람에 손톱이 손바닥을 파고들어서 나온 피가 흥건했던 것이다.

설무백은 그사이 방능소 등 흑선궁의 요인들 앞으로 가서 섰다.

방능소가 그의 위압감에 눌린 듯 흠칫했다.

설무백은 그런 방능소를 매섭게 직시하며 말했다.

"당신의 죄는 궁주를 제대로 보필하지 못한 것만이 아니야."

말과 동시에 그의 손이 앞으로 뻗어졌다.

마치 아무것도 없는 허공을 움켜잡는 듯한 손짓이었다.

순간, 방능소의 뒤에 서 있던 중늙은이 하나가 흡사 누가 뒤에서 밀어붙인 것처럼 앞으로 튀어나와서 그의 손아귀에 목을 들이밀었다.

"컥!"

대번에 숨이 먹혀서 얼굴이 붉어진 중늙은이의 눈빛이 경악과 불신, 공포로 물들었다.

좌중의 모두가 그제야 알았다.

중늙은이는 뒤에서 누가 밀어서도 아니고 스스로 나선 것도 아니었다.

설무백의 손에서 발산된 기운에 이끌려서 딸려 왔던 것이다.

"이, 이게, 무, 무슨 짓……!"

방능소를 비롯한 흑선궁의 요인들 모두가 크게 당황해서 어쩔 줄 모르는 가운데, 목이 졸린 중늙은이가 두 손으로 설무백의 손에 매달려서 버둥거리며 가까스로 의혹을 드러냈다.

설무백은 냉소를 날리며 대답했다.

"어디서 누구에게 배운 마공인지는 묻지 않으마. 너 따위 졸개에게 알아낸 정보가 쓸모 있을 리 만무하니까."

장내의 모두가 그의 말을 듣고 눈이 커졌다.

그 순간, 바동거리던 중늙은이의 두 눈이 거무죽죽한 잿빛으로 변하며 사악한 느낌의 기세를 뿜어냈다.

마기였다.

순간적으로 설무백의 손을 잡은 그의 두 손에 엄청난 힘이 가해졌다.

그러나 설무백의 능력은 일개 마졸의 마공으로 어쩔 수 있는 것이 아니었다.

으득―!

뼈마디가 어긋나는 소음이 일어나며 혀를 길게 빼문 중늙은이의 머리가 정상이라면 도저히 그럴 수 없는 방향으로 기울어졌다.

중늙은이의 목을 움켜잡은 설무백의 손에 가차 없는 힘이 가해진 결과였다.

비명은커녕 신음조차 내지르지 못한 죽음이었다.

중늙은이의 죽음 앞에서 장내의 모두가 할 말을 잃어버린 표정으로 굳어졌다.

설무백은 그에 아랑곳없이 수중에 쥐고 있는 중늙은이의 주검을 방능소에게 내밀며 말했다.

"보다시피 수하들조차 제대로 건사하지 못했다, 당신은!"

꽝―!

문가에 세워진 거대한 병기반이 박살 나며 사방으로 파편이 튀었다.

사도진악이 거처인 대청으로 들어서며 한 손을 휘둘러서 분노를 표출한 결과였다.

대청에서 기다리던 독심광의 구양보 이하 쾌활림의 요인들과 그의 뒤를 따라오던 마천휘 등이 바짝 얼어붙어 버렸다.

사도진악은 어지간한 일에도 절대 냉정을 잃지 않는 사람이었다.

그가 이렇듯 사람들이 보는 앞에서 분노를 표출하는 경우는 여태 한 번도 없던 일인지라 모두가 극도로 긴장하고 있었다.

그러나 사도진악의 분노는 보통의 분노가 아니었다.

그야말로 광분이었다.

보란 듯이 두 눈에 불을 켠 그는 순간적으로 돌아서서 뒤따르던 제자 마천휘의 뺨을 후려갈기고, 다시금 순간적으로 자리를 이동해서 대청의 측면에 시립하고 있던 구양보의 뺨을 후려갈겼다.

짜작—!

워낙 빠른 속도라 두 사람의 뺨을 후려친 타격음이 거의 동시에 울렸다.

또한 분노가 담긴 매서운 손 속이라 두 사람이 거의 동시에 휘청 저만치 밀려 나가며 피가 튀었다.

가늘게 뿌려지는 붉은 피 속에 섞인 허연 물체는 아마도 부러진 이일 것이었다.

사도진악은 그래도 여전히 분이 풀리지 않은 듯 부릅뜬 눈으로 다시금 손을 높이 쳐들었다.

구양보 곁에 서 있던 흑사자들의 선두인 흑룡과 흑표를 향해 서셨다.

흑룡은 미욱한 표정으로 그냥 서 있었으나, 흑표는 절로 질끈 눈을 감았다.

하지만 그 순간 높이 쳐들렸던 사도진악의 손이 멈추었다.

"휴……!"

사도진악이 긴 한숨을 내쉬며 손을 내렸다.

어느새 그의 눈빛에는 분노의 기운이 사라지고 없었다.

그 상태로 돌아서서 상석인 태사의로 올라가 앉은 그는 냉정해진 목소리로 불쑥 물었다.

"내가 진짜 화나는 이유가 뭔지 아나?"

잠시 정막이 내려앉았다.

모두가 침묵한 채 말이 없었다.

다들 알아도 말할 수 있는 상황이 아니라고 생각하는지도 몰랐다. 다들 방금 전처럼 불같이 화를 내는 사도진악을 처음 보았기 때문이다.

사도진악은 그런 그들의 마음을 읽은 것처럼 대답을 기다리지 않고 자신이 던진 질문에 스스로 답했다.

"우리 쾌활림의 총단이 불탔다고 해. 그럴 수 있어. 총단에 남겨 둔 애들이 소수건 아니건, 내가 믿을 만한 애들이건 아니건, 그런 건 문제가 아니야. 그 애들이 무슨 용가리통뼈인가? 자기들보다 강한 애들에게 공격당하면 별수 없는 거잖아. 그런데 말이야."

쿵-!

사도진악은 말미에 거칠게 발을 굴러서 자신의 분노가 아직 여전함을 드러내며 말을 이었다.

"내가, 이 사도진악이 왜, 어째서 그 사실을 내 수하들이 아닌 다른 놈의 입으로 들어야 하느냐 이거야! 이게 말이 된다고 생각해?"

가시처럼 예리하게 좁혀진 그의 눈초리가 구양보를 시작으로 마천휘와 흑룡, 흑표를 쓸었다.

"내가 바보멍청이 병신인 거냐, 너희들이 다 바보멍청이 병신인 거냐?"

다들 입이 열 개라도 할 말이 없다는 표정으로 시선을 내리깔았다.

쿵-!

사도진악이 다시금 거칠게 발을 구르며 나직이 으르렁거렸다.

"왜 다들 꿔다 놓은 보릿자루처럼 말을 못해! 누가 바보멍청이 병신인 거냐고? 나야, 너희들이야?"

내내 입가의 핏물을 닦을 생각도 하지 않고 서 있던 구양보가 조심스럽게 말문을 열었다.

"죄송한 말씀이오나, 주군. 지금은 그런 것을 따질 계제가 아니라고 봅니다. 주군께서 무슨 말씀을 하셔도 저희들이 다 바보명청이 병신인 거지요. 그러니 괜한 시간 낭비 마시고 어서 빨리 조치를 취하시지요."

사도진악의 날카로운 시선이 구양보의 얼굴에 꽂혔다.

구양보가 태연한 건지 태연을 가장하는 건지 모르게 담담한 태도로 사도진악의 시선을 마주했다.

사도진악이 픽 웃고는 마천휘와 흑룡, 흑표를 손가락질하며 눈총을 주었다.

"너희들도 군사를 보고 좀 배워라. 죽을 때 죽더라도 내가 헛길로 가면 저렇게 나서야 하는 거다."

흑룡이 그저 눈만 멀뚱거리는 가운데, 마천휘와 흑표가 진땀을 흘리며 고개를 숙였다.

사도진악이 눈을 부라렸다.

"왜 대답이 없어?"

마천휘와 흑표가 서둘러 대답했다.

"예, 알겠습니다!"

흑룡이 뒤늦게 밋밋한 태도로 따라 했다.

"알겠습니다."

사도진악이 끌끌 혀를 차고는 구양보를 향해 물었다.

"어떻게 처리하는 게 좋겠어?"

구양보가 기다렸다는 듯이 바로 대답했다.

"대저 이런 일일수록 서두르면 오히려 마가 끼기 마련입니다. 느긋하게 대처하시되 최대한 은밀하게 움직이심이 옳은 줄

압니다."

사도진악이 예리하게 구양보의 말을 이해하며 확인했다.

"우리가 움직이길 바라는 함정일 수도 있다 이거지?"

구양보가 인정했다.

"예, 그렇습니다."

사도진악이 거두절미하고 물었다.

"누구 짓인 거 같아?"

"속단하기 어려운 일입니다."

"그래도 속단해 봐."

누구 명령이라고 감히 거역할 것인가.

구양보가 잠시 심사숙고하는 표정으로 진땀을 흘리다가 겨우 대답했다.

"제가 지금 드릴 수 있는 말씀은 적어도 마교의 짓은 아닐 것이라는 사실 하나뿐입니다."

사도진악은 마뜩찮지만 어쩔 수 없다는 표정으로 고개를 끄덕이며 물었다.

"이유는?"

구양보가 대답했다.

"우리 쾌활림의 전력을 삭감시킬 이유가 저들에게 없기 때문입니다."

마교는 쾌활림이 흑선궁을 통제하고 있다고, 혹은 통제할 할 수 있다고 보고 있다는 의미를 내포한 대답이었다.

사도진악은 예리하게 그것을 간파하며 고개를 끄떡였다.

그리고 미간을 찌푸리며 다시 고개를 저었다.

"그렇다고 무림맹의 짓으로 볼 수도 없다. 지금 그들에겐 그 런 여력이 전혀 없으니까."

구양보가 의미심장하게 대답했다.

"무림맹에게 그럴 여력이 없을지는 몰라도 무림맹에 속한 방 파들 중에는 아직 그럴 여력이 남은 방파들이 존재하지요."

사도진악의 눈빛이 가늘게 좁혀졌다.

"소림과 무당?"

"개방도 있지요."

"하긴, 대가리 수에는 장사 없지. 그걸 이끄는 황칠개와 취 죽개의 능력도 무시할 수 없고."

"특히 취죽개를 예의 주시해야 합니다."

"전에 했던 그 얘기 때문에? 취죽개가 개왕 이타성의 유전 을 얻은 것 같다는 그 소문?"

"단지 소문으로 치부하고 외면하기에는 그의 행보가 너무 유별납니다. 무엇보다도 개방 역사상 그처럼 승승장구하는 걸 개는 없었습니다."

사도진악은 잠시 뜸을 들이다가 대답했다.

"좋아. 어디 한번 파 보도록 하지."

"그리고……."

구양보가 대화를 끝내려는 사도진악의 말꼬리를 넌지시 잡았다.

"제가 보기에는 그럴 만한 세력이 더 있습니다."

"홀로 독야청청하고 있는 사천당문 말인가?"

"한 곳이 더 있습니다."

"더 있어?"

"전에 말씀드린 감숙성의 풍잔 말입니다. 그들도 이번 사건에서 절대 자유로울 수 없는 세력입니다."

사도진악은 미심쩍은 표정으로 고개를 갸웃했다.

"설 아무개라고 하던가? 아무튼, 같잖게 사신이라고 불린다는 그 애송이 얘기는 익히 들어서 잘 알고 있다만, 걔들에게 정말 이번 일을 주도할 힘이 있을까?"

"있습니다."

구양보가 힘주어 잘라 말했다.

"그들은 벌써부터 난주의 터줏대감 노릇을 하고 있으며, 감숙성의 패주라는 말도 심심치 않게 들려오고 있습니다. 설 가의 수족들인 생사집혼과 묘안마녀의 이름은 이미 중원에서 모르는 사람이 없을 정도입니다. 사천당문보다 오히려 그들을 더 경계해야 한다는 것이 저의 소견입니다."

"음."

사도진악은 나직한 침음을 흘렸다.

말로야 바보멍청이니 병신이니 했지만, 그는 누구보다도 구양보를 신뢰하는 사람이었다.

구양보의 안목은 다른 누구보다도 탁월하다는 것이 그의 판단이자, 믿음이었다.

"좋아, 그럼 이렇게 하지."

이윽고, 마음을 다잡은 사도진악은 본래의 냉정한 눈빛으로 돌아가서 자신의 계획을 말했다.

"마천휘, 너는 지금 즉시 적당한 애들을 추려서 본산으로 가 봐. 가서 확인할 일은 두 가지다. 하나는 애들의 생사, 다음으로 둘째가 주도하던 일을 확인하는 거다. 성공을 목전에 두고 있다는 둘째의 말은 적잖게 과장이었다고 해도, 분명 어느 정도의 성과는 있었을 테니, 철저하게 살펴봐. 성과가 있었든 없었든 돌아오기 전에 모든 흔적을 깨끗하게 지우는 것도 잊지 말고."

"예, 알겠습니다!"

마천휘의 대답이 끝나기 무섭게 사도진악의 시선이 흑사자대의 둘째인 흑표에게 돌아갔다.

"흑표, 너는 무림맹의 동향을 살펴라. 특히 소림과 무당, 그리고 개방의 최근 동향을 면밀하게 훑어봐. 소수의 병력으로는 절대 가당치 않은 일이니, 그들이 행동에 나선 것이라면 분명히 무언가 잡히는 게 있을 거다."

"예, 알겠습니다!"

"그리고 넷째 너는 사천당문, 다섯째 너는 감숙의 풍잔을 맡아라. 마찬가지로 최근 동향을 훑어보되, 절대 드러나서는 안 된다. 무슨 말인지 알겠지?"

흑사자대의 넷째인 흑묘(黑猫)와 다섯째인 흑사(黑蛇)가 즉시 복명하며 공수하는 사이, 사도진악의 시선이 구양보에게 돌려졌다.

"구양 군사는 당장에 가능한 모든 눈과 귀를 동원해서 부 가, 그 계집의 행적과 비룡이라는 놈의 뒤를 파 봐. 아무래도 찜찜한 구석이 너무 많아서 그냥 넘어갈 수 없는 연놈들이다."

구양보가 조심스럽게 질문했다.

"하면, 부금도의 처리는 어찌하면 좋을지……?"

"그놈은 걱정 마. 알아서 잘 죽어 줄 테니까."

사도진악이 비릿하게 웃으며 손을 내젓다가 이내 다시금 미간을 찌푸리며 중얼거렸다.

"그보다 마교의 애들이 정말 이번 일과 아무런 상관이 없느냐는 건데…… 별수 없지."

그는 자리를 박차고 일어나며 말을 끝맺었다.

"그건 내가 알아볼 수밖에!"

삭막한 쾌활림의 진영과 달리 희희낙락하는 진영이 있었다. 바로 구양일산의 진영이었다.

"킥킥, 재미있군. 정말 재미있어. 킥킥킥……!"

거처로 돌아온 구양일산은 벌써 몇 번이나 같은 말을 반복하며 키득거리고 있었다.

아는 사람은 다 아는 사실이지만, 타고난 변덕쟁이인 그가 이처럼 장시간 동안 일관되게 화색이 돌아서 기뻐하는 것은 참으로 오랜만의 일인지라 예하의 모두가 내막도 모른 채 덩달아 희희낙락이었다.

그러던 중에 갑작스러운 사태로 돌아가지 않고 있던, 그리고 유일하게 웃음 짓지 않고 있던 사노가 나서며 조심스럽게 말문을 열었다.

"소주, 외람된 말씀이오나, 마냥 좋아할 일은 아닌 듯싶습니다."

만일 다른 사람이 이런 말을 했다면 구양일산은 불문곡직하고 산통을 깼다며 엄벌을 주었을 것이다.

장내의 모두가 그것을 익히 잘 알고 있기에 일시지간 싸한 분위기가 되었다.

그러나 오늘의 구양일산은 이전과 달랐다.

상대가 다른 누구도 아닌 사노였기 때문이다.

구양일산은 여전히 웃는 낯으로 말을 받았다.

"어째서? 누군지 모르는 저들의 마수가 다음 표적으로 우리 가문을 노릴 수도 있어서?"

사노가 이제야 안색을 밝히며 대답했다.

"역시 알고 계시는군요. 과연 소주이십니다."

구양일산이 입가의 미소를 한층 더 짙게 드리우며 말했다.

"하여간 사노는 나를 너무 잘 알아. 우선은 무조건 나를 우쭐하게 만드는 칭찬을 하고 나서야 본론을 꺼낸다니까. 그래, 알았으니까 어서 말해 봐. 어떤 부분을 주의해야 하는 거야?"

사노가 계면쩍게 웃었다.

"소주야말로 노복을 너무 잘 아셔서 정말 몸 둘 바를 모르겠습니다. 그래도 노파심에서 한 말씀드리지 않을 수 없으니, 부디 주제넘다 나무라지 말아 주시길 바랍니다, 소주."

구양일산이 싫지 않은 표정으로 고개를 끄덕이며 재촉했다.

"알았으니까, 뜸들이지 말고 어서 말해 봐."

사노가 말했다.

"이번 일로 쾌활림이 입은 상처는 실로 일각에 불과합니다. 흑도천상회의 실세는 아직도 여전히 사도진악이라는 뜻이지요. 그러므로 혹여 소주께서……!"

"없으니까, 걱정 마."

구양일산이 일고의 가치도 없다는 듯 단호하게 잘라 말했다.

"나는 절대 먼저 사도진악을 칠 생각이 없어. 적어도 백전백승의 자신이 생길 때까지는 그럴 생각이야. 믿어도 돼."

사노의 입가에 더 없이 만족한 미소가 떠올랐다.

"소주께서 이렇게까지 말씀하시는데 노복이 어찌 믿지 않겠습니까. 믿겠습니다. 아니, 믿습니다."

구양일산이 피식 웃고는 말문을 돌렸다.

"그보다 사노가 보기에 비룡이라는 그 자식 어때? 아무래도 너무 특이한 놈 같지 않아?"

사노는 구양일산이 부약운 등을 만나러 갔을 때 암중에서 그들의 모습을 지켜보고 있었던 것이다.

"저도 그렇게 보았습니다. 녀석이 사도진악의 손 속을 무력화시켰을 때는 정말 깜짝 놀라서 하마터면 탄성을 지를 뻔했을 정도입니다."

구양일산이 자신도 그랬다는 듯 고개를 끄덕이며 물었다.

"부가, 그 계집의 말이 사실일까?"

사노가 반문했다.

"의심스럽습니까?"

구양일산이 대번에 고개를 끄덕이며 힘주어 대답했다.

"아주 많이!"

사노의 눈빛이 살짝 변했다.

그때 인기척을 내며 다급하게 대청의 문을 열고 들어온 백면귀 반호가 보고했다.

"부약운이 얼마 전부터 부금도가, 그러니까, 가짜 부금도가 배척하던 소장파를 소집했습니다."

구양일산과 사노가 시선을 마주했다.

사노가 의미심장한 어조로 물었다.

"그 자식의 뒤를 한번 파 볼까요?"

구양일산이 눈을 빛내며 승낙했다.

"아무래도 그래야 할 것 같네."

부금도가, 정확히는 가짜 부금도가 배척하던 흑선궁의 소장파는 서른세 명이었고, 그들의 수좌격인 인물은 두 사람으로, 흑선대(黑仙隊)와 더불어 흑선궁의 양대 조직으로 평가받는 혈귀대(血鬼隊)의 조장들인 일남일녀, 섬전수(閃電手) 표인(豹人)과 적봉(赤蜂) 홍인매(紅刃妹)였다.

가상의 인물인 비룡으로 화한 설무백은 갑작스러운 호출에 어리둥절해할 뿐, 누구 하나 불안한 기색을 드러내지 않고 있는 그들을 잠시 살펴보았다.

표인은 섬전수라는 별호와 어울리지 않게 통통한 몸매에 배가 살짝 나오고, 눈은 작은데 양미간은 넓어서 우둔해 보이는 외모였다.

그리고 홍인매는 이십 대 후반이라고 했는데, 미색이 돋보이는 작은 체구지만 얼굴 가득 크고 작은 흉터가 가득해서 매우 전투적인 느낌을 주는 여자였다.

설무백은 이들을 가짜 부금도가 무슨 이유로 배척했는지 대번에 느낌이 왔다.

두 사람 다 독특한 외모와 별개로 예사롭지 않은 총기가 흐르는 눈빛의 소유자들이었다.

가짜 부금도의 입장에선 이런 사람들이 곁에 있으면 일말의 허점도 드러내지 않으려고 부단히 노력해야 했을 테니 매우 피곤했으리라.

'게다가 신진들은 기본적으로 반골 기질이 다분하니 더욱 신경이 쓰였을 테지.'

그럼에도 불구하고 완전히 제거하지 않은 것은 이들이 차지하는 흑선궁의 전력이 상당했기 때문일 것이다.

설무백은 대략 상황을 생각을 정리하며 표인과 홍인매를 바라보며 거두절미하고 물었다.

"내가 너희들을 왜 소집했는지 아나?"

표인이 눈을 끔뻑였다.

우둔해 보이는 얼굴과 어울리는 반응이었으나, 이어서 나온 대답은 상당히 예리했다.

"가짜가 내친 애들이니 어떤 애들인지 궁금했을 테죠."

홍인매는 한술 더 떠서 설무백의 정체부터 확인하려 들었다.

"부 총령의 호출이라고 들었는데, 엉뚱한 사람이 있네요. 우리를 통솔하려면 본인의 신분부터 제대로 밝히는 것이 순서 아닌가요?"

"내가 누구라는 애기는 전달했을 텐데, 듣지 못했나?"

"그건 들었어요. 하지만 흑선궁의 비밀 수호대라고 하는 금사대도, 비룡이라는 이름도 생전 처음 들어 봐서 말이죠."

뒤로 물러나 있던 부약운이 나서며 말했다.

"흑선궁을 움직이는 요인들도 모르고 운영되던 조직인데, 너희들이 알고 있으면 그게 더 이상한 거지."

그녀는 자못 매서운 눈빛으로 홍인매를 위시해서 장내의 모두를 쓸어보며 매섭게 훈계했다.

"혹시나 해서 말해 두는데, 금사대주 비룡은 지위만 놓고 보면 나보다 위고, 흑선궁의 궁주를 제외한 모두의 생사여탈권을 가진 사람이다. 순수한 의미의 질문은 허락하지만, 의심을 품는 것은 나부터 용납할 수 없으니, 다들 제대로 처신하기 바란다."

단호한 경고에도 불구하고 홍인매는 그다지 겁을 먹거나 두려워하는 태도가 아니었다.

그저 어깨를 으쓱하는 것으로 수긍하며 입을 닫았을 뿐이었다.

다른 자들도 다들 그랬다.

예상하던 바였다.

설무백은 내심 역시나 하는 마음으로 나서며 불쑥 물었다.

"나는 혈귀대주 삼안리(三眼鯉) 북리소(北里素)를 제외하고 너희들만 소집했다. 왜 그런 것 같나?"

모두가 침묵했다.

표인과 홍인매를 비롯한 모두가 서로서로 눈치를 보는 것이 내막을 아는 사람이 없는 것 같았다.

설무백은 더는 대답을 기다리지 않고 슬쩍 뒤쪽을, 정확히는 내실과 연결된 뒤쪽의 문을 돌아보며 말했다.

"나오시오."

내실의 문이 열리며 두 사람이 대청으로 들어섰다.

순간, 표인과 홍인매를 비롯한 소장파의 인원 모두가 경악과 불신에 찬 눈빛을 드러냈다.

대청으로 들어선 두 사람은 방금 설무백이 언급한 혈귀대주인 삼안리 북리소와 대장로인 소상우사 방능소였다.

그런데 선혈이 낭자한 모습인 북리소가 누에고치처럼 단단히 포박당한 상태로 방능소의 손에 끌려 들어오고 있었던 것이다.

설무백은 북리소만이 아니라 방능소도 적잖은 상처를 입었음을 확인하며 물었다.

"어땠소?"

방능소가 침통한 표정 일면에 분노한 기색을 드러내며 대답했다.

"대주의 말대로 이놈은 마교의 주구가 되어 있었소. 본인과 서(緖) 장로, 채(蔡) 장로가 도모해서 겨우 제압했는데, 불시에 기습을 했음에도 놈의 마공에 서(緖) 장로가 당하고 말았소."

설무백은 묵묵히 고개를 끄덕이고는 일순 방능소가 끌고 온 북리소의 뒷목을 잡아채며 거칠게 오금을 발로 밟았다.

우득-!

섬뜩한 소음과 함께 날카롭게 부러진 종아리뼈가 허옇게 밖으로 드러나며 북리소가 절로 무릎을 꿇었다.

비명은 없었다. 북리소의 얼굴이 하얗게 질렸을 뿐이었다.

"조용히 처리하라는 말대로 입을 봉했소."

방능소가 말하며 앞으로 나섰다.

설무백은 슬쩍 손을 들어서 제지하고, 그 손을 사용해서 북리소의 아혈을 거칠게 두드렸다.

북리소의 아혈이 풀린 듯 신음이 흘러나왔다.

"으으……!"

방능소가 적잖게 놀란 기색을 드러내며 설무백을 바라보았다.

장내의 모두가 그와 같은 기색으로 설무백을 바라보고 있었다.

타인이 점혈한 혈도는 그보다 배 이상의 공력 없이는 절대 풀 수 없는데, 설무백이 방능소가 점혈한 북리소의 혈도를 아무렇지 않게 풀어 버렸기 때문이다.

설무백은 태연하게 그런 방능소의 눈치를 외면하며 북리소를 향해 물었다.

"하나만 묻겠다. 왜, 무엇을 바라고 배반자가 되었나?"

북리소가 독기 어린 눈빛으로 설무백을 노려보며 대답했다.

"네놈이 누군지 모르지만, 나는 배반자가 아니다! 나는 배반한 적이 없다! 나는 주군의 명을 따랐을 뿐이다! 주군의 명을 충직하게 따르는 것이 어떻게 배반일 수 있다는 게냐!"

설무백은 북리소의 말이 거짓이 아님을 느낄 수 있었다.

북리소는 가짜 부금도의 명령에 따라서 마교의 주구가 되었던 것이다.

그러나 그는 아무리 사실이 그렇더라도 북리소를 용납할 수 없었다.

그는 추상같이 말했다.

"주군이 잘못된 길을 가려고 한다면 마땅히 바로잡아 주는 것도 수하된 자의 도리다!"

북리소가 발끈했다.

"주군은 하늘인 거다! 어찌 수하의 좁은 소견으로 하늘의 뜻을 재단할 수 있단 말이냐!"

설무백은 북리소의 말이 진심으로 들려서 살짝 마음이 흔들렸으나, 그게 다였다.

그는 냉정하게 일갈했다.

"모르는 것도 죄다! 그게 지금 네가 죽는 이유다!"

그리고 말이 끝남과 동시에 그의 손날이 북리소의 목을 스쳤다.

닿지 않고 그저 스쳤을 뿐이나, 놀랍게도 북리소의 목이 반듯하게 잘려서 바닥으로 떨어졌다.

고도로 압축된 무극신화강의 위력이었다.

머리가 잘려진 북리소의 육체가 힘없이 앞으로 고꾸라지고, 뒤늦게 뿜어진 핏물이 바닥을 붉게 물들였다.

장내가 찬물을 끼얹은 것처럼 조용해졌다.

마치 시간이 정지한 것처럼 장내의 모두가 굳어져 있었다.

설무백은 그 속에서 홀로 움직였고, 표인과 홍인매 등의 면전에 서서 준엄하게 말했다.

"한 치 건너 두 치라고 했다. 너희들도 같은 죄과로 다스릴 수 있으나, 그렇게 하지 않는 것은 전적으로 너희들이 이자, 북리소의 처신에 매번 부당함을 알리며 제동을 걸었다는 사실을 알고 있기 때문이다."

답변은 없었다.

다들 긍정도 부정도 할 수 없을 정도로 바짝 긴장한 상태로 설무백을 주시하고만 있었다.

설무백은 그것으로 충분하다고 생각하며 표인을 향해 말했다.

"섬전수라는 별호만큼 빠른가?"

표인이 흠칫 놀라서 부동자세를 취하며 대답했다.

"아직 궁주님을, 그러니까 진짜 궁주님을 제외하곤 져 본 적이 없습니다!"

"그래?"

설무백은 조금 전과 확연히 달라진 표인의 태도에 만족하며 슬쩍 손바닥을 앞으로 내밀었다.

"잡아 봐."

표인이 그의 의중을 읽은 듯 기민하게 손을 내밀어서 그의 손을 잡았다.

설무백은 피하지 않았다.

표인은 그가 피할 줄 알았는데 피하려는 시늉조차 하지 않자 어리둥절했다.

설무백은 그런 그를 향해 고개를 저으며 다시 말했다.

"다시."

표인은 손을 물리고는 이내 순간적으로 다시 내밀어서 설무백의 손을 잡았다.

설무백은 이번에도 피하지 않았다.

대신 슬며시 미간을 찌푸리며 아쉬움을 전했다.

"고작 이 정도라면 실망이다."

표인이 질끈 어금니를 악물며 손을 회수하고는 다시금 순간적으로 손을 내밀어서 설무백의 손을 잡았다.

그러나 이번에는 달랐다.

분명 표인의 수중에 잡힌 것처럼 보인 설무백의 손이 흐릿하게 사라졌고, 이내 표인의 손목을 잡은 모습으로 드러났다.

표인의 손 속을 피해서 역으로 표인의 손목을 잡아 버린 것이다.

"……!"

표인이 놀라움과 당황, 불신과 수치가 교차하는 듯 붉게 달아오른 얼굴로 눈을 끔뻑이며 설무백을 바라보았다.

설무백은 그에 아랑곳하지 않고 가만히 고개를 끄덕이며 그의 손목을 놓아주고는 홍인매에게 시선을 주었다.

"장기가 암기술이라지?"

앞선 표인의 경우를 지켜봐서인지 홍인매는 한층 더 긴장한 듯 경직된 모습으로 대답했다.

"예, 그렇습니다!"

"아무래도 가까이서 펼치기엔 곤란한 점이 있을 테니……."

설무백은 뒤로 대여섯 발짝 물러나서 홍인매와의 거리를 서너 장가량으로 늘이며 두 팔을 펼쳤다.

"이 정도면 적당할 테지. 표인처럼 쓸데없이 봐준답시고 적당히 해서 구박받지 말고, 전력을 다해야 하는 거 알지?"

"옙!"

홍인매가 다부지게 대답하고는 이내 두 눈을 번뜩이며 두 손을 펼쳤다.

순간, 그녀의 손을 떠난 두 줄기 섬광이 곡선을 그리며 설무백과 이어지고 매미울음 같은 소음이 장내를 가득 메웠다.

때를 같이해서 설무백은 순간적으로 두 손을 내밀어서 홍인매의 손에서 날아온 섬광을 잡아챘다.

섬광과 매미울음 같은 소음이 거짓말처럼 사라졌다.

홍인매가 어처구니없다는 표정으로 굳어져서 설무백을 바라보았다.

설무백은 조금도 아랑곳하지 않고 자신의 손을 펼쳐 보았다.

동전보다 조금 큰 작은 원판이었다.

무슨 금속으로 만들어졌는지는 몰라도 백색으로 반들거리

는데, 가장자리에는 날카로운 날이 서 있고, 몸체에는 몇 개의 구멍이 뚫려 있었다.

아마 몸체에 뚫린 구멍으로 인해 펼쳤을 때 매미울음 같은 소음이 일어나는 것일 터였다.

설무백은 그 암기를 이리저리 만져 보며 고개를 끄덕였다.

"좋은 암기군. 원래 암기는 소리 없이 펼쳐야 효과가 좋은 법이지만, 이놈은 역으로 시끄러운 소리를 내서 어느 방향에서 날아오는지 모르게 하는군. 게다가 날아오는 방향도 일정하지 않아서 정말 혼란스럽고. 좋은 암기야. 보통 녀석은 아닌 것 같은데, 이놈 이름이 뭐지?"

귀신에 홀린 표정으로 설무백을 바라보던 홍인매가 무심결에 대답했다.

"백비접(白飛蝶)입니다."

"아……!"

설무백은 절로 고개를 끄덕였다.

그도 그럴 것이, 백비접은 무림십대흉기 중의 하나였다.

"어째 예사롭지 않다 했더니만, 그랬군."

그는 전에 없이 싱긋 웃으며 홍인매를 바라보았다.

"내가 제법 암기술에 달통한 친구를 하나 알고 있지. 나중에 기회가 되면 소개시켜 주도록 하지. 둘이 아주 잘 맞겠어."

화사를 두고 하는 말이었다.

"아, 예."

홍인매가 이번에도 얼떨결에 대답했다.

설무백은 그런 그녀에게 다가가서 수중의 백비접을 건네주고 아무렇지도 않게 본래의 자리로 돌아와서 표인과 홍인매 뒤에 늘어선 소장파 사내들을 향해 물었다.

"누구 자기가 저 두 사람보다 낫다고 뽐내 볼 사람 있나?"

있을 리가 없었다.

표인과 홍인매는 누가 뭐래도 흑선궁의 소장파를 대표하는 고수들인 것이다.

설무백은 나서는 사람이 없자, 내심 마음을 굳히며 부약운과 논의하고 결정한 개편을 단행했다.

"좋아, 그럼 오늘부로 표인을 귀면대의 대주로 임명하고, 홍인매를 혈귀대의 대주로 임명한다. 여기 모인 소장파의 인원은 저마다의 의견을 수렴해서 정당히 나누도록 하되, 기존의 대원들을 납득시키는 것은 전적으로 두 사람의 재량에 맡기도록 하겠다."

"……!"

장내의 모두가 머리를 한 방 맞은 사람들처럼 굳어졌다.

한바탕 폭풍이 휩쓸고 지나간 다음의 해변처럼 소리 없는 아우성 속의 고요가 장내를 잠식해 버렸다.

설무백은 그에 아랑곳하지 않고 확인했다.

"이의 있는 사람?"

표인이 애써 입을 열어서 물었다.

"귀면대는 귀안노귀 공손승과……!"

"흑선궁의 총단이 불탔다는 소리 벌써 잊었나?"

설무백은 태연하게 말을 자르며 사실을 알려 주었다.

"귀면대주 귀안노귀 공손승 이하, 독두귀각 혁필과 황마귀 상료는 이미 이 세상 사람들이 아니니 다른 걱정 말고 잘해 봐."

표인을 비롯한 장내의 모두가 입을 다문 채 눈만 크게 떴다.

죽음과 같은 적막 속에서 설무백은 아무렇지도 않게 부약운을 바라보며 무심하게 물었다.

"이 정도면 이제 나는 가도 되겠지?"

꾳

회 차원에서 처리하겠다는 팔황신마 냉유성의 말은 어김없는 사실이었다.

흑도천상회가 저마다의 판단으로 분주한 하루를 보내기 무섭게 냉유성은 즉각 천상 회의를 소집했다.

천상 회의는 회주인 팔황신마 냉유성과는 별개로 생사천의 수장을 포함한 흑도천상회의 중추인 방파의 수뇌들과 예하의 요인들이 모두 소집되는 회의로, 흑도천상회의 중대사가 논의하는 자리였다.

그런데 이번 천상 회의는 이전과 조금 다른 분위기로 시작되었다.

흑도천상회에 소속된 각대 문파의 존장들과 예하의 요인들이 다들 한 자리에 모였음에도 분위기가 매우 어수선했다.

이유는 오직 하나, 최근에 벌어진 사태로 말미암아 알게 모르게 가장 주목을 받고 있는 한 사람이 빠졌기 때문이다.

흑선궁의 비밀 수호대인 금사대의 대주 비룡이 바로 그 주인공이었다.

천상 회의가 시작되는 그때 비룡은, 즉 설무백은 이미 흑도천상회의 영내를 떠나고 없었던 것이다.

물론 당연하게도 천상 회의는 그대로 진행되었다.

비룡의 부재가 이미 소집된 천상 회의를 멈출 정도로 중요한 일은 아니었던 것이다.

다만 회의가 진행되는 내내 좌중의 관심이 흑선궁의 대표로 참가한 부약운에게 쏠리는 것만큼은 어쩔 수 없는 노릇이었다.

특히 사도진악의 관심이 지대했다.

표면적인 이유는 흑선궁도 쾌활림처럼 총단이 불타는 일을 당했기 때문이고, 다른 사람들도 다들 그렇게 이해했지만, 실제는 그게 아니었다.

졸지에 가짜 부금도가 제거되었을 뿐만 아니라, 불과 하루 만에 흑선궁의 내부가 대대적인 개편으로 새롭게 태어난 것이 실로 사도진악의 속을 거북하게 만들었던 것이다.

그래서였다.

천상 회의가 이런저런 결론과 결정을 내리며 막바지에 이를 때까지 사도진악의 관심은 오직 하나뿐이었다.

'저 아이를 어떻게 처리하는 것이 좋을까?'

부약운을 두고 하는 고민이었다.

사도진악은 부금도를 제거하고 끝내 하나뿐인 핏줄인 부약운을 강시의 재료로 처리하기 위해서 가짜를 내세워 흑선궁의 대소사를 관장하던 바로 얼마 전까지만 해도 이제 되었다고 생각했다.

가장 호적수였던 흑선궁을 수중에 넣은 이상, 나머지야 쉬엄쉬엄 해도 얼마든지 중원무림의 흑도를 장악할 수 있고, 그래서 이제 남은 것은 무림맹의 떨거지들을 처리하는 것뿐이라는 게 그의 생각이었다.

그런데 꿈에도 상상하지 못한 변수가 일어났다.

구음지체라는 유혹에 못 이겨서 죽이지 않고 살려 두었다가 강시로 만들려고 했던 계집이 생각지도 못한 놈의 도움을 받아서 얼렁뚱땅 손아귀에서 빠져나가더니, 이내 멀쩡한 모습으로 돌아와서 그의 계획을 망쳐 놓았다.

흑선궁을 장악하기 위해 심어 놓은 수하를, 바로 가짜 부금도를 제거한 것도 모자라서 대대적인 개편을 해서 흑선궁을 그의 손에서 멀리 떨어뜨려 놓아 버린 것이다.

'이럴 줄 알았으면 아까운 재료고 뭐고 간에 그냥 그때 죽여 버렸을 것을……!'

그러나 후회는 아무리 빨라도 늦은 것이고, 사도진악은 그 정도도 모를 바보가 아니었다.

오히려 누구보다도 냉철한 사람이 그였다.

그래서 그의 생각은 다시금 원점으로 돌아갔다.

그리고 천상 회의가 끝나기도 전에 결정을 내렸다.

'저 아이를 처리하기 전에 비룡이라는 그놈부터 처리해야 한다!'

부약운이 이번 일을 벌일 수 있었던 것은 전적으로 흑선궁의 비밀 수호대라는 금사대의 대주 비룡이 있었기 때문이라는 게 사도진악의 결론이었다.

뿌리를 제거하면 싹은 피어날 수 없는 것이다.

사도진악이 이를 갈며 이번 사태의 근원이라고 생각한 비룡, 바로 설무백은 흑도천상회에서 팔백여 리나 떨어진 호북성 중부의 작은 도시인 경산부(京山府)로 돌아가고 있었다.

장강이 가로지르는 호북성은 늘 그렇듯 습기를 머금은 바람이 끈끈하게 피부를 간질였다.

작년 겨울부터 이어진 극심한 가뭄은 해가 지난 지금도 여전해서 대륙의 젖줄인 장강의 폭마저 줄어들었음에도 불구하고 바람만큼은 변함없이 습기를 품은 채 불고 있었다.

따가운 햇살 아래 땅바닥은 여전히 말라비틀어져서 드넓은 벌판이 온통 황무지로 변해 버렸고, 길에서 만난 사람들은 거의 다 비쩍 마른 몸으로 먹을 것을 찾아서 산으로 가고 있었다.

흑도천상회를 벗어날 때만 해도 설무백은 다른 생각을 하지 않았다.

적어도 무림인이 아닌 사람들에 대한 생각은 하지 못했다.

관심을 가지지도 않았지만, 관심을 가질 여유도 없었다.

그의 머리는 내내 강호무림의 일을 생각하는 것만으로도 부족했기 때문이다.

그러나 흑도천상회의 처리하고 한시름 놓으며 여유를 되찾은 시점에 그런 사람들을 보게 되자 그는 심히 불편하기 짝이 없었다.

이건 정말 나라님만 탓할 일이 아니었다.

모두가 한통속이고, 그도 그중의 하나라는 생각이 들었다. 권력자 세도가들이 저마다 권력을 차지하려고 나라를 반으로 쪼개서 싸우느라 정작 보살펴야 할 민초들을 내팽개쳐 버렸다면, 그와 같은 무림인들은 저마다 자신의 안녕과 번영이라는 욕심을 위해서 민초들의 천난만고(千難萬苦)를 외면하고 있었다.

그 때문이었다.

설무백의 무거운 마음이 절로 오가는 사람들에게 눈길을 주게 되었고, 그러다가 문득 무언가 이상하다는 느낌을 받았다.

길에서 마주치는 사람들이 전부 다 그들이 지나온 동쪽 방향으로만 이동하고 있었기 때문이다.

"산을 찾아가는 사람들이 왜 저쪽으로만 가는 거지?"

공야무륵이 대꾸했다.

"그쪽으로 가야만 하는 이유가 있나 보죠."

충직한 공야무륵답지 않게 퉁명스러운 대꾸였다.

설무백은 내심 고소를 금치 못했다.

역천사혼불사채인 권천 때문에 그와 동행하지 못하고 모처에서 하루 반나절이나 기다린 공야무륵은 잔뜩 골이나 있었다.

아직 골이 안 풀렸으니 말 시키지 말라는, 아니, 골이 났다는 것을 알아달라는 일종의 투정인 것이다.

그러나 공야무륵의 대답을 들은 설무백은 그럴 여유가 없었다.

퉁명스러운 공야무륵의 대답이 그에게 어떤 영감을 주었기 때문이다.

"그래, 그렇겠지."

절로 눈을 빛낸 설무백은 재빨리 주변을 둘러보았다.

산은 동쪽에만 있는 것이 아니라 남쪽에도, 북쪽에도, 서쪽에도 있었다.

오히려 산의 크기는 동쪽보다 그쪽들이 더 크고 광대해 보였다.

그는 마침 저편에서 지나가고 있는 촌노의 무리를 발견하고는 한달음에 달려가서 물었다.

"어디들 가시나요?"

비쩍 마른 촌노 하나가 노골적으로 귀찮다는 표정을 드러내며 대답했다.

"어디를 가긴, 어디를 가겠나. 보다시피 먹을 만한 나무껍질이라도 있나 찾아나서는 길이지."

"산은 저쪽이 크고 넓지 않나요?"

반문을 들은 촌노가 수상쩍다는 듯 설무백을 위아래로 훑어보며 말했다.

"여기 사람이 아닌가 보군."

"예, 타지에서 왔는데, 섬서성으로 가는 길입니다. 저 산을 넘어야 하죠."

섬서성으로 가는 방향은 서북쪽 방향이었다.

섬서성으로 가는 길은 아니었지만, 일부러 촌노 등이 가는 쪽과 반대 방향에 자리한 산을 가리킨 것이다.

"저쪽 길은 절대 안 돼!"

촌노가 펄쩍 뛰었다.

"왜요?"

설무백이 묻자, 촌노가 끌끌 혀를 차며 설명해 주었다.

"이 사람 정말 아무것도 모르는군. 며칠 전부터 저기 저 자네가 가려는 저 서쪽의 쌍계산(雙鷄山) 일대는 천사교도들이 철저하게 통제하고 있다네. 그자들이 얼마나 사납고 무섭게 구는지, 멋모르고 갔다가 죽은 사람이 한둘이 아냐!"

설무백은 본의 아니게 반색하며 물었다.

"대체 무슨 일인데요?"

"그야 낸들 아나. 그네들 일이야 우리네가 알 수 없지. 아무튼, 날 만난 걸 천행으로 알고 어서 다른 길을 찾게. 멀더라도 저쪽 남쪽에 있는 산을 외로 돌아가는 게 좋을 게야."

촌노는 생각하기도 싫다는 듯 몸서리를 치더니 손을 휘휘 저으며 발길을 재촉했다.

"아무리 바빠도 괜한 호기 부리지 말고 내 말 듣게. 듣자 하니 하나같이 저승사자처럼 무서운 자들이라고 하니까."

"아, 예. 고맙습니다."

설무백은 깍듯이 인사를 하며 돌아서서 발길을 재촉했다.

바로 촌노가 위험하다고 말한 서쪽의 쌍계산을 향해서였다.

공야무륵이 마치 그림자처럼 설무백을 따르는 권천의 뒤에 붙으며 물었다.

"최근 천사교의 병력이 이동했다는 정보는 없지 않았나요?"

그랬다.

설무백은 하오문을 통해 중원 무림의 동향을 살피고 있었고, 천사교를 비롯한 마교의 움직임을 수시로 보고 받고 있었다.

그런데 천사교의 병력이 움직이고 있다는 보고는 없었다.

"그만큼 은밀한 행사라는 뜻이겠지."

설무백은 속도를 냈다.

다행히 이제는 그가 어느 정도 속도를 내도 누구 하나 뒤처지는 사람이 없었다.

공야무륵과 요미야 그렇다 쳐도, 흑영과 백영도 이제 뒤처지지 않고 따라왔다.

그새 경신공부의 진보가 있었던 것이다.

다만 신기한 것은 권천이었다.

강시가 경공을 펼친다는 것 자체가 신기한 일인데, 권천의 경우는 그 경지가 실로 놀라웠다.

감정이 드러나지 않는 얼굴과 눈빛이라 힘이 드는 건지 안 드는 건지, 전력을 다하고 있는 건지 아닌 건지는 전혀 알 도리가 없어서 더욱 그런 듯했다.

권천은 시종일관 설무백의 경공을 아무렇지도 않게, 그야말로 무덤덤하게 따라왔다.

'기회를 봐서 한 번 더 무공을 시험해 봐야겠군.'

눈은 게을러도 손은 부지런하다는 말처럼 설무백은 그런저런 상념과 상관없이 움직인 발길로 인해 이내 쌍계산의 초입을 목전에 두었다.

그리고 거기에는 일단의 사내들이 서성거리고 있었다.

촌노의 말처럼 하나같이 천사교의 제복을 입은 천사교도들이었다.

설무백은 그냥 지나치려다가 멈추었다.

아무래도 조금이나마 정보를 얻는 것이 좋았다.

"웬 놈들이냐?"

쌍계산의 초입에서 서성거리던 천사교들이 그제야 설무백 등을 발견하고 화들짝 놀라며 소리쳤다.

설무백 등의 경공은 그들의 시선으로 포착할 수 없을 정도로 빨랐던 것이다.

공야무륵이 설무백을 바라보았다.

설무백은 그게 묻기 전에 먼저 말했다.

"하나는 살려."

공야무륵이 그의 말과 동시에 앞으로 쏘아졌다.

"헉!"

천사교도들이 크게 당황하며 저마다 병기를 뽑아 들었다.

반응 속도를 봐서 나름 경지를 이룬 자들이라 최소한 호교사자로 보였다.

그러나 공야무륵의 무공은 고작 호교사자에 준하는 자들이 대적할 수 있는 수준이 아니었다.

화살처럼 쏘아진 공야무륵의 신형이 대번에 천사교들을 휩쓸었다.

그들의 곁을 스칠 때 공야무륵의 주변에서 번뜩이는 섬광은 도끼의 서슬이었다.

퍼벅! 카각-!

순식간에 네 개의 머리가 수박처럼 터져 나가고, 두 개의 머리가 공중으로 떠올랐다.

그야말로 비명을 지를 새도 없는 죽음이었다.

"으으……!"

홀로 살아남은 천사교도가 감히 움직일 생각도 하지 못한 채 굳어져서 신음을 흘리는 사이, 다른 천사교도들의 신형이 썩은 고목처럼 옆으로 쓰러지고, 공중으로 떠올랐던 두 개의 머리가 바닥으로 떨어졌다.

그 순간에 신형이 선명해진 공야무륵이 칼을 든 채 부들부들 떨고 있는 생존자의 목에 피 묻은 도끼의 서슬을 대며 설무백을 바라보았다.

설무백은 앞으로 나서며 냉정하게 물었다.

"여기 모여서 무슨 작당을 하고 있는 거냐?"

호교사자로 보이는 천사교도가 대답 대신 뒤로 물러났다.

공야무륵가 손을 쓰려다가 중도에 그만두었다.

하나는 살려 두라는 설무백의 말이 기억나서 멈춘 것인데, 그사이 천사교도가 신형을 날렸다.

설무백은 반사적으로 소리쳤다.

"잡아!"

공야무륵이 그의 명령과 상관없이 이미 천사교도의 뒤를 따라잡고 있었다.

그러나 천사교도를 잡은 것은 그가 아니라 권천이었다.

설무백의 말에 반응해서 신형을 날린 권천이 삽시간에 공야무륵을 추월해서 천사교도의 뒷덜미를 낚아챘던 것이다.

살리려 했던 천사교도가 그래서 죽었다.

으득─!

섬뜩한 소음과 함께 천사교도의 머리가 옆으로 꺾어졌다.

권천의 손아귀에 잡힌 천사교도의 목이 밀반죽처럼 짓이겨진 결과였다.

설무백은 절로 한숨을 내쉬었다.

권천이 그에 아랑곳하지 않고 목뼈가 으스러져서 머리를 덜렁거리는 천사교도의 주검을 들고 와서 그에게 내밀고 있었다.

"잡았다, 여기."

설무백은 새삼 한숨을 내쉬며 쓰게 입맛을 다셨다.

주변에서 무슨 일이 벌어져도 그의 명령이 없으면 절대 나서지 않는 것도 좋고, 지금처럼 막상 실수라 해도 명령을 내리면 바로 나서는 것도 나쁘지 않은데, 이건 정말 미처 생각하지 못했다.

권천은 아직 힘 조절이 안 되는 것이다.

"그래, 잘했다. 그만 버려라."

"알았다. 버린다."

권천이 천사교도의 주검을 저만치에 내던지며 손을 털었다.

설무백은 못내 실소를 흘리며 발길을 옮기려다가 문득 공야무륵을 보고는 다시 멈추었다.

이제 보니 공야무륵이 내내 심상치 않게 굳어진 눈빛으로 권천을 주시하고 있었다.

설무백은 그제야 느꼈다.

공야무륵은 나중에 나섰음에도 자신보다 빠르게 천사교도를 제압한 권천의 무공에 호승심을 느끼고 있는 것이다.

그때 설무백의 그림자에서 불쑥 머리를 내민 요미가 웃는 낯으로 공야무륵을 손가락질하며 말했다.

"질투, 질투."

설무백은 재빨리 요미의 머리를 한 대 쥐어박으며 공야무륵을 타일렀다.

"그러지 말지?"

공야무륵이 안색을 바꾸며 머쓱한 표정을 지었다.

하지만 생각은 여전한지 이내 한마디 했다.

"언제고 한번 저 녀석과 겨루게 해 주십시오."

설무백은 못내 거절할 수 없어서 한숨을 내쉬며 승낙했다.

"알았다. 그러지."

공야무륵이 그제야 예의 무덤덤한 표정으로 돌아가서 전방의 산기슭을 가리켰다.

"저쪽입니다."

설무백도 이미 느끼고 있었다.

공야무륵이 가리킨 전방의 산기슭에는 다수의 인기척이 숨죽이고 있었다.

매복이었다.

그는 빠르게 앞으로 나아가며 말했다.

"이번엔 놓치지 마라."

공야무륵이 이젠 절대 그럴 일 없다는 듯 다부진 표정으로 두 눈을 빛내며 앞으로 나섰다.

그리고 실제로 이번에는 놓치지 않았다.

울창한 수림이 하늘을 가린 산기슭이었다.

공야무륵은 땅바닥과 나무 등걸 사이에서 숨죽인 채 매복하고 있던 여섯 명의 천사교도 중 다섯을 순식간에 해치우고 하나를 생포했다.

"여기 생포했습니다."

공야무륵은 점혈한 천사교도를 설무백의 면전에 무릎 꿇려 놓고 보란 듯이 딴청을 부렸다.

은연중에 권천을 일별하며 어깨를 펴는 것이 '내가 이 정도야'라고 자랑하는 것 같기도 했다.

설무백은 공야무륵의 태도가 산적 같은 외모와 어울리지 않게 귀여워서 절로 실소가 나오려 했으나, 애써 참으며 천사교도를 향해 물었다.

"너희들이 여기 모여 있는 이유가 뭐냐?"

천사교도가 대답 대신 눈동자를 굴렸다.

공야무륵이 즉각 나서서 천사교도의 무릎을 발로 밟았다.

으득―!

"으악!"

뼈가 으스러지는 소리와 함께 천사교도가 찢어지는 비명을 질렀다.

공야무륵이 천사교도의 무릎을 밟은 발을 치우지 않은 채 고개를 숙여서 나직하게 경고했다.

"다음은 반대쪽이다. 그다음은 어깨, 그리고 그다음은 다시 어깨. 무슨 말인지 알겠지?"

천사교도가 공포에 질려서 부르르 진저리를 치며 말을 더듬었다.

"쪼, 쫓고 있는 자가 있……소! 나, 나흘 전에…… 이, 이곳 근방에서 해, 행적을 놓쳐서…… 그, 그자의 해, 행적을 수색하는 중이오!"

설무백은 절로 눈을 빛냈다.

여기 쌍계산 주변에는 상당수의 인기척이 맴돌고 있었다.

지금 그의 감각에 걸려드는 인원만 해도 족히 수십 명이 넘었다.

그러니 그의 감각에 벗어난 지역에 있는 자들까지 포함하면 대체 얼마의 인원이 이번 일에 동원되었는지 알 수 없었다.

게다가 다들 일정 수준 이상의 고수들이었다.

이는 천사교가 쫓고 있는 자가 그만큼 중요한 인물이라는 뜻이었다.

"누구냐, 그가?"

"그, 그는……!"

천사교도가 한껏 곤혹스럽게 일그러진 얼굴로 선뜻 대답하지 못했다.

공야무륵의 발이 움직였다.

천사교도가 기겁하며 소리쳤다.

"혈문, 혈가의 가주인 혈뇌사야요!"

설무백은 머리를 한 방 맞은 기분이 되어 버렸다.

그는 절로 믿을 수 없는 표정을 지으며 확인했다.

"혈가라면 마도오문의 하나인 그 혈가를 말하는 거냐?"

천사교도가 이제야 완전히 체념한 표정으로 대답했다.

"그렇소."

"왜? 어째서 천사교가 혈가의 가주를 쫓는 거지?"

"그건 나 같은 졸자가 알 수 있는 일이 아니오. 나는 다만 그
의 행적을 추종하다가 발견하면 신호를 보내는 임무를 하달 받
았을 뿐이오."

"신호를 보내? 뭐로?"

천사교도가 고개를 숙여서 자신의 품을 가리켰다.

공야무륵이 재빨리 그의 품을 뒤져서 한줌 굵기의 대롱 하
나를 꺼냈다.

끝에 굵은 실이 매달린 대롱이었다.

"화약으로 쏘아지는 탄(彈)이네요. 줄을 당기면 탄이 쏘아지
는 형태인 것 같습니다."

"가까운 곳에 누가 대기하고 있다는 뜻이군."

설무백은 예리하게 상황을 간파하고 재우쳐 천사교도를 직
시하며 물었다.

"누구에게 보내는 신호지?"

천사교도가 힘겹게 대답했다.

"세 명의 십이신군과 스물두 명의 백팔사도가 이끄는 병력이 북쪽으로 이동하며 훑고 있소."

설무백은 새삼 안색이 변했다.

상황이 보다 더 명확해졌다.

마교 내부의 알력이 마침내 암습과 저격으로까지 비화된 것이 분명했다.

"그의 행적을 여기 쌍계산에서 놓친 건가?"

"아니오. 놓친 건 여기서 북쪽으로 백여 리 떨어진 대야평 인근인데, 여기 쌍계산이 그가 도주할 수 있는 범위에 들었을 뿐이오."

백여 리나 떨어진 지역에서 행적을 놓쳤는데, 여기까지 추적자들을 포진시켰다면 실로 광범위한 범위에 걸쳐 포위망을 펼쳤다는 뜻이었다.

이른 바 천라지망을 펼친 것이다.

"이 지역은 벌써 훑고 지나갔다는 소리군."

"그렇소. 우리는 만일의 사태에 대비해 지키고 있었던 거요."

설무백은 묵묵히 고개를 끄덕이며 생각에 잠겼다.

'어떻게 한다?'

망설여졌다.

사실이 그렇다면 나서서 좋을 것이 없다는 생각이 들었다.

적의 분란은 그에게 득이면 득이었지 실이 아니라서 괜히 나섰다가 긁어 부스럼이 될 수도 있었다.

그러나 다른 한편으로는 좋은 기회일지도 모른다는 생각이 들었다.

적의 분란을 더욱 키울 수 있지 않을까.

'어디 한번 따라가 볼까?'

천사교의 지부는 드러났지만, 아직 천사교의 총단은 오리무 중이었다.

어쩌면 저들의 총단을 알아낼 수 있는 기회일지도 몰랐다.

그게 아니더라도 은밀하게 뒤를 따르며 잔여 병력을 제거하는 것도 저들의 분란을 가중시키며 천사교에 적잖은 타격을 줄 테고 말이다.

설무백은 내심 결정을 내리며 주변의 지형과 쌍계산의 능선을 둘러보았다.

꽤나 넓은 지역을 차지한 산세지만, 속도를 낸다면 한두 시진 내에 천사교의 모든 매복을 충분히 제거할 수 있을 터였다.

"공야무륵과 흑영, 백영 남쪽을 훑어라. 나는 서쪽을 훑겠다. 집결은 저기 저 북쪽으로 넘어가는 산정이다."

공야무륵이 예리하게 설무백의 의중을 읽으며 물었다.

"죽일까요?"

설무백은 단호하게 명령했다.

"하나도 남기지 마라."

"옙!"

공야무륵은 돌아섰다가 이내 다시 돌아서서 체념으로 어두워진 낯빛을 하고 고개 숙인 천사교도의 면전으로 다가갔다.

그리고 순간적으로 손을 휘둘러서 천사교도의 뒷목을 내려쳤다.

팍-!

둔탁한 타격음과 함께 천사교도가 힘없이 앞으로 고꾸라졌다.

단번에 숨이 끊어진 죽음이었다.

설무백이 쳐다보자, 공야무륵이 머쓱하게 돌아서서 한마디 남기며 신형을 날렸다.

"소 잡는 칼로 닭을 잡는 건 낭비입니다."

숨죽이고 있던 흑영과 백영이 그제야 자리를 떠났다.

그들도 공야무륵과 같은 생각으로 잠시 머뭇거렸던 것이다.

"세심하기는……."

설무백은 묘한 기분 속에 어색한 미소를 흘리며 쌍계산의 서쪽 기슭을 향해 신형을 날렸다.

권천이 그림자처럼 그의 뒤에 바짝 붙었다.

와중에 암주의 요미가 넌지시 말했다.

"내 느낌이 맞는지 모르겠지만, 저기 전방 산기슭에서 묘한 기운이 느껴지는 걸?"

설무백은 요미의 말을 듣자 왠지 모르게 무거워졌던 마음이 풀리며 피식 웃었다.

내색을 삼갔으나, 사실 그도 이미 전방 산기슭에서 풍기는 기운을 느꼈다.

뿐만 아니라, 그는 그 기운이 무엇인지도 대번에 파악하고 있었다.

공야무륵 등을 남쪽으로 보내고 자신이 서쪽을 택한 이유가 바로 그 때문이었다.

서쪽인 전방 산기슭에서 느끼지는 기운의 실체는 바로 마기였다.

그것도 전에 느껴 본 바 없는 강렬한 마기였다.

천사교도가 말하길 십이신군과 백팔사도는 북쪽을 향해 가는 중이라고 했다.

그리고 그의 말은 전혀 거짓으로 느껴지지 않았다.

그렇다면 대체 이 마기의 실체는 무엇일까?

'어쩌면……?'

막연한 기대가 설무백을 적잖게 긴장하게 만들었다.

어쩌면 처음으로 마졸 따위가 아니라 제대로 된 마두를, 아니, 마왕을 만날지도 모른다는 기대였다.

물론 그전에 적잖은 마졸들을 먼저 만날 수밖에 없겠지만 말이다.

강렬한 마기가 풍기는 산기슭으로 가는 비탈길이었다.

흐릿하게나마 분명히 마기인 기운을 풍기는 사내들이 여기

저기 흩어져 있었다.

지위는 몰라도 분명한 천사교도들이었다.

누구는 길목에서 서성거리다가, 또 누구는 바위에 등을 기대고 앉아 있다가, 또 다른 누구는 아름드리나무 꼭대기의 나뭇가지에 매달려 있다가 설무백 등을 발견한 그들이 흠칫 놀라는 순간에 설무백은 냉정하게 명령했다.

"살려 둘 가치가 없는 자들이다! 죽여라!"

권천이 바람처럼 쏘아져 나갔다.

간발의 차이로 그보다 먼저 도착한 요미가 피를 뿌렸다.

"컥!"

"으악!"

단말마의 비명이 연이어 터지며, 아름드리나무의 꼭대기에 앉아 있던 천사교도들이 피를 뿌리며 추락했다.

사천미가제령술의 경지가 대성을 목전에 두고 있는 그녀의 경신공부는 가히 눈부셨다.

경신공부만 놓고 보면 이제 더는 설무백의 아래로 보이지 않을 정도였다. 그리고 그녀는 기본적으로 공야무륵과 더불어 소위 천살성(天殺星)의 기운을 타고난 사람이었다.

따라서 같은 무공도 그녀가 펼치면 더욱 살인적으로 드러나는데, 지금도 그랬다.

순식간에 이 나무에서 저 나무로 이동하며 살수를 펼치는 그녀의 모습은 가히 살성으로 보였다.

그런데 놀랍게도 권천의 신위도 그녀, 요미 못지않았다.

요미가 나무를 타며 벼락처럼 하늘을 휩쓸었다면, 권천은 폭풍처럼 지상을 휩쓸었다.

설무백의 명령이 떨어지고 나서 실로 눈 깜짝할 사이에 장내의 모든 천사교들이 저승 문턱을 넘었는데, 그 결과 그가 요미보다 더 많은 적을 제거했던 것이다.

기본적으로 지상에 있던 자들이 더 많았다는 점을 감안해도 그것은 실로 놀라운 일이 아닐 수 없었다.

이유 여하를 막론하고 일개 강시에 불과한 권천의 순수한 살상 능력은 천살성의 기운을 타고 났으며 전설의 문파인 전진사가와 전진마가의 진전을 이은 요미에 버금가는 것이다.

요미가 그걸 느끼지 못할 리 없었다.

"쟤 제법인데?"

요미의 은근한 질투였다.

설무백의 눈치를 보느라 애써 내색을 삼가고 있었음에도, 은연중에 권천을 바라보는 그녀의 매서운 눈빛에는 질투가 가득했다.

그러나 설무백은 이전과 달리 미처 그녀에게 신경 써 줄 겨를이 없었다.

지독한 악취처럼 내내 신경을 자극하는 마기가 매우 지근거리에서 느껴지고 있었기 때문이다.

"저쪽이다!"

설무백은 곧바로 마기가 짙어진 방향으로 신형을 날렸다.

요미는 거의 동시에 그의 그림자 속으로 사라졌고, 권천은 그림자처럼 그의 뒤를 따라갔다.

이윽고, 설무백은 지독한 마기의 근원지에 도착했다.

능선 바로 아래 자리한 기슭이었다.

군락을 이룬 아름드리나무와 우거진 풀에 가려져 있어서 어지간히 눈썰미가 좋은 사람일지라도 쉽게 그냥 지나칠 수밖에 없는 지형에 검게 그늘진 동굴 하나가 자리하고 있었다.

아니, 동굴이라기보다는 우물에 가까웠다.

나무와 풀, 넝쿨에 뒤덮인 바닥에 흡사 우물처럼 거의 수직에 가까운 구멍이 하나 뚫려 있었다.

설무백이 감지한 고도의 마기는 바로 그 우물 같은 동굴 속에서 흘러나왔다.

설무백은 조심스럽게 고개를 내밀어서 동굴 속을 내려다보았다.

지옥의 입구처럼 캄캄한 동굴 속에서 서늘한 바람을 타고 습한 기운과 퀴퀴한 냄새에 섞인 피비린내가 물씬 풍겼다.

그러나 설무백은 그와 무관하게 맹금보다 더 발달한 뛰어난 시력으로 어둠을 사르고 동굴 속의 모습을 선명하게 확인할 수 있었다.

이십여 장 아래였다.

수십 구의 주검을 깔고 선혈이 낭자한, 아니, 어쩌면 정말 핏물로 만들어진 것 같은 사람의 형상 하나가 대자로 누워 있었다.

설무백은 혹시나 하는 마음으로 소리쳐 물었다.

"귀하가 혈가의 가주인 혈뇌사야인가?"

혈인이 대답했다.

대뜸 욕설이었다.

"이런 시건방진 놈 같으니라고! 정녕 간이 배 밖으로 나온 놈이구나!"

그리고 반문했다.

"노부를 아는 네놈은 대체 누구냐?"

설무백은 본의 아니게 반색했다.

우물 같은 동굴 속, 이십여 장 아래 수십 구의 시체를 깔고 대자로 누운 혈인은 과연 혈가의 가주 혈뇌사야였다.

다음 권으로 이어집니다

황태자는 은퇴가 하고 싶습니다

로튼애플 퓨전 판타지 장편소설

황제가…… 과로사?
이번 생은 절대로 편하게 산다!

31세에 요절한 황제 카리엘
개같이 구르며 제국을 지킨 대가는
역사상 최악의 황제라는 오명?
싹 다 무시하고 안식에 들어가려 했더니……

"다시 한번 해 볼래? 회귀시켜 줄게."
"응, 안 해."
"이번엔 욜로 라이프를 즐겨 보면 어때?"

사기꾼 같은 신에게 속아 회귀하게 된 카리엘
즐기며 편히 살기 위해서는
황태자 자리에서 먼저 내려와야 하는데……

제국민의 지지도는 계속 오른다?
황태자의 은퇴 계획, 과연 성공할 수 있을까?

꿈의 도약, 로크에서 하십시오
(주)로크미디어에서 신인 작가를 모십니다

즐거운 세상, 로크미디어는 꿈을 사랑하고 도전을 두려워하지 않는 작가 분들의 참신한 작품을 기다리고 있습니다. 21세기 장르 문학계를 이끌어 갈 차세대 선두 주자 (주)로크미디어에서 여러분의 나래를 활짝 펴 보시길 바랍니다.

모집 분야 판타지와 무협을 포함한 장르 문학
모집 대상 아마추어 작가, 인터넷 작가
모집 기한 수시 모집
작품 접수 시 유의 사항
    1. 파일명은 작가명_작품명.hwp형식을 갖춰 주십시오.
    1. 파일에 들어갈 내용은 다음과 같습니다.
       — 성명(필명인 경우 실명을 밝혀 주세요), 연락처, 이메일 주소
       — 제목, 기획 의도
       — A4용지 1장 분량의 등장인물 소개
       — A4용지 2장 분량의 전체 줄거리
       — 본문
    1. 작품이 인터넷에 연재되고 있다면, 게시판명과 사이트의 구체적이고 정확한 주소를 기재해 주십시오.

선택된 작품은 정식 계약 후 출판물로 간행되어 전국 서점에 유통됩니다.
작가 분은 (주)로크미디어의 전폭적인 지원하에 전속 작가로 활동하시게 됩니다.
※ 자세한 내용은 로크미디어 홈페이지(rokmedia.com)를 참조하세요.

(03920)서울시 마포구 성암로 330 DMC첨단산업센터 3층 318호
(주)로크미디어 편집부 신간 기획 담당자 앞
전화 : 02) 3273-5135
www.rokmedia.com   이메일 : rokmedia@empas.com

만렙닥터

13월생 현대 판타지 장편소설

리턴즈

인생 2회 차 경력직 신입
칼솜씨도, 인성도 '만렙'인 의사가 돌아왔다!

만성 인력난에 시달리는 흉부외과에 들어온 인턴
메스도 잡아 본 적 없는 주제에
죽을 생명을 여럿 살려 내기 시작한다?

"이 새끼, 꼴통 맞네."
"죄송합니다."
"잘했어!"
"네?"

출세만을 좇으며 살았던 전생
이렇게 된 이상 인생도 재수술 한번 가자!

무대뽀(?) 정신으로 무장한 회귀 의사
이제부터 모든 상황은 내가 집도한다!

南魔
宮帝

남궁마제

문운도 신무협 장편소설

회귀한 뇌왕, 가족을 지키기 위해
정파의 중심에서 제대로 흑화하다!

세상을 뒤집으려는 귀천성에 맞서 싸우다
가족을 모두 잃고 제물로 바쳐진 뇌왕 남궁진화
마지막 순간 원수의 뒤통수를 치고 죽으려 했으나
제물을 바치는 진법이 뒤틀리며 과거로 회귀하다!?

남궁세가의 양자가 된 어린 시절로 돌아온 후
귀천성이 노리는 자신의 체질을 연구하다 기연을 얻고
회귀 전과 다른 엄청난 미모와 함께
뇌전의 비밀마저 알아내 경지를 뛰어넘는데……

가족들에게는 꽃처럼 사랑스러운 막내지만
적이라면 일단 패고 보는 패악질의 끝판왕!
귀천성 패러잡기에 나서다!